NO ENCONTRO
DAS ÁGUAS

Editora Appris Ltda.
1.ª Edição - Copyright© 2022 do autor
Direitos de Edição Reservados à Editora Appris Ltda.

Nenhuma parte desta obra poderá ser utilizada indevidamente, sem estar de acordo com a Lei nº 9.610/98. Se incorreções forem encontradas, serão de exclusiva responsabilidade de seus organizadores. Foi realizado o Depósito Legal na Fundação Biblioteca Nacional, de acordo com as Leis nºs 10.994, de 14/12/2004, e 12.192, de 14/01/2010.

Catalogação na Fonte
Elaborado por: Josefina A. S. Guedes
Bibliotecária CRB 9/870

C837n
2022
	Costa, Sebastião Moura
	   No encontro das águas / Sebastião Moura Costa. - 1. ed. - Curitiba : Appris, 2022.
	   139 p. ; 21 cm.
	
	   Inclui referências.
	   ISBN 978-65-250-3313-6
	
	   1. Ficção brasileira. 2. Amazonas, Rio. 3. Amazonia - História. I. Título.
	
	                                              CDD – 869.3

Livro de acordo com a normalização técnica da ABNT

Appris editora

Editora e Livraria Appris Ltda.
Av. Manoel Ribas, 2265 – Mercês
Curitiba/PR – CEP: 80810-002
Tel. (41) 3156 - 4731
www.editoraappris.com.br

Printed in Brazil
Impresso no Brasil

Sebastião Moura Costa

NO ENCONTRO DAS ÁGUAS

FICHA TÉCNICA

EDITORIAL
Augusto V. de A. Coelho
Marli Caetano
Sara C. de Andrade Coelho

COMITÊ EDITORIAL
Andréa Barbosa Gouveia (UFPR)
Jacques de Lima Ferreira (UP)
Marilda Aparecida Behrens (PUCPR)
Ana El Achkar (UNIVERSO/RJ)
Conrado Moreira Mendes (PUC-MG)
Eliete Correia dos Santos (UEPB)
Fabiano Santos (UERJ/IESP)
Francinete Fernandes de Sousa (UEPB)
Francisco Carlos Duarte (PUCPR)
Francisco de Assis (Fiam-Faam, SP, Brasil)
Juliana Reichert Assunção Tonelli (UEL)
Maria Aparecida Barbosa (USP)
Maria Helena Zamora (PUC-Rio)
Maria Margarida de Andrade (Umack)
Roque Ismael da Costa Güllich (UFFS)
Toni Reis (UFPR)
Valdomiro de Oliveira (UFPR)
Valério Brusamolin (IFPR)

SUPERVISOR DA PRODUÇÃO Renata Cristina Lopes Miccelli

ASSESSORIA EDITORIAL Cibele Bastos

REVISÃO
J. Vanderlei
Isabela do Vale

PRODUÇÃO EDITORIAL Bruna Holmen

DIAGRAMAÇÃO Bruno Ferreira Nascimento

REVISÃO DE PROVA William Rodrigues

CAPA Renata Policarpo

COMUNICAÇÃO
Carlos Eduardo Pereira
Karla Pipolo Olegário
Kananda Maria Costa Ferreira
Cristiane Santos Gomes

LANÇAMENTOS E EVENTOS Sara B. Santos Ribeiro Alves

LIVRARIAS
Estevão Misael
Mateus Mariano Bandeira

GERÊNCIA DE FINANÇAS Selma Maria Fernandes do Valle

(IN MEMORIAM)

À minha saudosa mãe,
LUIZA FERREIRA DE MOURA COSTA,
grande incentivadora para a publicação deste livro,
despedindo-se desta vida em 2014 decidiu que suas cinzas fossem
acolhidas pela imensidão do mar de onde emanam eternos fluidos de
amor e paz.

AGRADECIMENTOS

Ao doutor Júlio Cesar Garcia Souza, que ajudou a planejar a logística de transportar o petróleo em imensas barcaças do Perú descendo os rios Ucayale, Solimões e Amazonas e rio Negro até a refinaria da Companhia de Petróleo da Amazônia pertencente às Indústrias I.B. Sabbá LTDA. para o refino do óleo cru e seus derivados numa empreitada estratégica e pioneira.

Ele também sugeriu ao autor deste livro que terminasse toda a saga do rio Amazonas até a sua foz, o que foi acatado de bom grado.

Ao doutor Clóvis Albuquerque da Mata, magistrado, escritor, poeta, intelectual e prefaciador deste livro, amigo e estudioso dos problemas amazônicos.

*Era só
Para ser mais um
Encontro
Os Anjos
Entoaram um
Solo em dó
Os Santos
Em comunhão sorrindo
Sussurram em lá maior
Solfejos de emoções
E o Maestro Criador
Decidiu
Será como
Nunca se viu
A Sinfonia Maior
O encontro
Dos Rios
Negro e Solimões.*

(Sebastião Moura Costa)

PREFÁCIO

 Debruçados estamos diante dos originais de outro livro da lavra do amigo escritor Sebastião Moura Costa que nas horas vagas também atende pelo nome de Aruom Atsoc, que num dialeto indígena qualquer significa "o que observa de longe do alto das serras", que pretende sacar à luz da publicidade, a breve trecho, seu nupérrimo trabalho sobre a temática amazônica, subordinado ao título "NO ENCONTRO DAS ÁGUAS". Coube-nos por mais um surto de generosidade, como aconteceu com o bem elaborado livro *MANAUS, OS TRÊS CANTOS PREFERIDOS*, a nobilitante missão de assinar-lhe a apresentação. Volta o nobre conterrâneo com o mesmo entusiasmo e predisposição de feição telúrica admirável a falar sobre um tema que empolga a quantos o desconhecem, bem assim àqueles que vibram sob o impacto de uma obra que, além de vir para ficar, ainda traz o timbre daqueles que pela terra de tudo são capazes quando se trata do dever patriótico de defendê-la a todo transe e a todo custo. Como o bom caboclo, cujas raízes por certo deitam pelas beiradas dos rios e afluentes e pelas escarpas de recantos maravilhosos do ponto de vista geográfico, com aquele chapéu de palha para proteger-se do sol inclemente e da chuva impiedosa, que de quando em vez se precipita por toda a extensão dos beiradões, dos furos, lagos, igapós e paranás, onde certo dia o inolvidável e grande político do Amazonas, Álvaro Botelho Maia, resolveu em dia de grande festa cívica tocar sua "BUZINA DOS PARANÁS", convidando o povo a concentrar-se no maior ato cívico e de amor à terra ali acontecido, no ano de 1923, com a sua lendária "CANÇÃO DE FÉ E ESPERANÇA", ato que pretendia reivindicar para os amazonenses, como de fato certo dia aconteceu, o direito e o dever cívico e moral de o próprio amazonense vir a governar a terra onde deu o primeiro vagido e que lhe serviu de berço. Porque até então o nosso querido Amazonas era considerado uma "terra dos outros", porque, por uma imposição de uma política inconsequente e rasteira, se lhe empurrava goela abaixo qualquer cidadão proveniente de outras latitudes da Pátria sem vinculações com a terra e sem compromisso de defendê-la e amá-la, e que soa pior, como se em nossa terra não tivessem valores capazes de levá-la a gloriosos destinos, sem recorrer a outros centros àquela época ditos civilizados.

Tocante, sensibilizador, o relato da histórica façanha de Ajuricaba, *o homem que valia por muitos,* quando se precipitou às águas revoltas do encontro das águas, perto das lajes, num ato de bravura cabocla sem precedentes, sem igual, nos anais de nossa história, liderou, pelo respeito que lhe tinham, o primeiro e maior movimento nativista no norte do País e quiçá do Brasil, em 1755, combatendo os portugueses e outros tipos de ádvenas, que só queriam explorar a terra e escravizar nações indígenas, à semelhança das Entradas e Bandeiras, que só visavam o lucro e alimentavam a ambição desmedida, com as suas "descidas" e "preamentos", no intuito de promover o trabalho forçado e escravocrata. Só no bestunto de um idiota se pode admitir "covardia" de um homem que, completamente imobilizado, por algemas degradantes e espúrias, nos pés e nas mãos, resolvesse, num ato de revolta e até de desespero com a injustiça que praticavam contra sua pessoa, morrer na profundeza das águas de sua terra amada, a ser levado a ferros para o festival de torturas e ignomínias que certamente cometeriam contra um homem cujo pecado consistia em defender sua terra e sua gente das invasões humilhantes e desagregadoras de outros povos colonizadores. A história está lhe fazendo justiça e redimindo-o dos baldões que lhe assacaram um dia aqueles que morrem de amores por povos invasores e ditos civilizados. Ajuricaba hoje está alçapremado nos galarins da fama e da glória merecida, pelos feitos praticados em defesa da terra e da redenção de seu povo, que se orgulha de tê-lo como ícone e paradigma de causas justas quão heroicas, quando se trate de livrar seus povos das amarras degradantes e que ensejam atos de bravura pela integridade do solo pátrio.

Até que nós amazônidas, principalmente os amazonenses, concordamos com o movimento que visa livrar a Terra de perigos e contratempos que para alguns já se tornaram inevitáveis e por, sem dúvida, insolúveis, tal desleixo, a insensatez, a ganância vulpina, a atrocidade sem precedentes dos dominadores do mundo, que, por outros meios, também praticam a violência e atemorizam os povos e, consequentemente, a humanidade, é o que se vê no que respeita à preservação da natureza. Outros povos usam e abusam no desrespeitar a natureza, seu ecossistema, seu bioma ou biodiversidade, sua floresta, sua fauna e flora. Não, principalmente no Norte e Nordeste, convergem com um sorriso cínico a desabrochar dos lábios para filmar e fotografar palafitas, casebres à beira dos igarapés exalando mau cheiro, jacarés, onças, e índios são os atrativos deles. De torna viagem, em conversas grupescas, tocam a exibir aquelas cenas paupérrimas e degradantes que humilham povos na condição de civilizados. Outros turistas, célebres ou não, só vêm ao Brasil, e é o que mais acontece em épocas festivas, quando os "*promoters*" se encarregam de bancar todas as despesas de estadia em qualquer quadrante da pátria, sem ônus de qualquer natureza, se não aqui não pisam. E abre-se a boca, por sinal bocarras hiantes, a dizer: estamos fazendo turismo, a indústria sem chaminé. Estiveram aqui no Brasil, personalidades ilustres, celebridades "bumbumbásticas", assim chamadas por exibirem e progredirem na vida através do bumbum, e depois ainda reclamam quando ficam a clamar por bumbuns brasileiros, no Brasil e no estrangeiro. Gilberto Amado, certa feita, na condição de Embaixador do Brasil em Londres, comparecendo a um banquete, foi interpelado pela esposa do Embaixador de lá: "o senhor é daquela terra onde índios, cobras, jacarés passeiam pelas ruas em convivência com as pessoas?". Sem mais preâmbulos respondeu na bucha: "Sou, sim, senhora. Mas a índia a mais feia da nossa terra é mais bonita que a senhora". Quase deu em rompimento diplomático, com pedidos de desculpas, que não foram atendidos.

Já estão roubando a nossa água doce, porque a deles terminou e não sabem onde encontrá-la senão na Amazônia. Cientistas sociais escrevem ao Presidente do Brasil pedindo que a Suframa – que nasceu em 1957 e foi reestruturada em 1967, no Governo Militar, e só se reestrutura o que está estruturado – seja extinta por prejudicar Chicago e o estado industrial de Illinois, como também pedem que o Presidente do Brasil vete a construção da BR-319, que liga Manaus e, consequentemente, o Amazonas definitivamente ao resto do País, construída em 1970, no Governo Militar. São grupos de pessoas em conventículos a tramar contra o desenvolvimento com preservação ambiental na Amazônia. Por incrível que pareça, são movimentos exógenos e endógenos. Estes, dizem respeito a brasileiros de outras regiões do país, principalmente Sul e Sudeste, que não querem perder o mercado e a hegemonia e muito menos querem ver o desenvolvimento do Norte que a esta altura do campeonato ninguém segura mais, principalmente se houver continuidade do Governo atual, que se propôs e até recomendou ao seu Ministro dos Transportes e parlamentar pelo Amazonas que reduzisse o quanto pudesse as desigualdades regionais. E é o que está sendo feito, o que a maioria dos governos federais não se dignou a fazer, salvante o de Getúlio Vargas e possivelmente o de Juscelino Kubitschek que pretendeu fazer, quando afirmou, com todas as letras, no lançamento de sua candidatura a novo mandato: "Agora, a menina dos meus olhos será a Amazônia!". Jornais do Sul e Sudeste, principalmente o Estado de São Paulo e a Folha de São Paulo, escrevem verdadeiros cabungos contra o Norte, que inclusive está recebendo todos os favores do governo federal em detrimento de outros Estados da Federação. É uma vergonha, como diria Boris Casoy.

Nem a propósito, insta pôr em ressalto, relembrar o que aconteceu em meados de 1993, quando em artigo bem-lançado Joelmir Beting, na sua famosa coluna de grande penetração em todo o território nacional, afirmou que: "Dentro de dez anos a Amazônia se tornará a maior criadora de gado do Brasil", o que certamente fez agitar os meios políticos e econômicos. Um projeto definindo o que era crime ambiental, que fixava multas aos que derrubassem árvores e outras coisas que tais, dormia a sono solto nas gavetas bolorentas do Congresso Nacional. De repente, não mais que de repente, num esfregar d'olhos, quando se trata de lutar e assegurar interesses de grupos ou de classes, foi aprovado a toque de caixa e transformado em lei, com vigência em todo o território nacional.

Por consequência disso, uma nova mentalidade evolui em termos de compreensão humana e territorial na Amazônia, em face da grandeza de seus meios físicos, geográficos, ecológicos, sociais, econômicos e políticos. O norte agora não pode parar, justamente quando James Cameron, acostumado a fantasias, a utopias e mentiras cabeludas, tem o topete de, em praça pública, coisa que ele não faz na sua terra sob pena de ser preso, clamar juntamente a uns bundas-moles, lacaios de norte-americanos, para que não se construam as usinas de Belo Monte, Santo Antonio e Jirau, induzindo índios, que não sabem nem se existem, a lutar por uma causa que ignoram. Ambientalistas de cutiliquê, que ignoram completamente os fenômenos da climatologia amazônica e vivem por aí a proferir besteiras e futilidades, perfeitamente afinados com aqueles tipos de brasileiros que se for preciso, apenas por força de expressão, arriam as calças para tudo aquilo que cheire a imposições estrangeiras. Acontece, por outro lado, que o Brasil é outro, principalmente com o Governo brasileiro que fala alto, tem voz e é respeitado lá fora e, por consequência disso, não se pode voltar ao *status quo ante*, porque meia dúzia de entreguistas querem ver o Brasil a reboque dos interesses de países considerados de primeiro mundo. Esse tempo está passando, ou já passou. O Brasil tem uma destinação e uma vocação próprias a cumprir na História e não pode ficar atrelado a interesses vindos de fora. Nós somos considerados o "Gigante da América Latina" e "Colosso Sul-Americano", denominações de que nós os brasileiros autênticos nos orgulhamos, mas se a Amazônia, o Norte do País, com os seus dois terços de território internacionalizados, portanto, em outras palavras, não mais brasileiros, além de mudar o contorno do mapa, não passaríamos de um Iraque melhorado, ou, se assim preferirem, de outro país nanico na América do Sul, menor, de conseguinte, territorialmente que outros países da América Latina.

Portanto, em linhas gerais, o novo livro do escritor e amigo Sebastião Moura Costa é um grito de alerta da Amazônia para o Brasil e, quiçá, para o mundo, onde denuncia com tintas fortes e sensibilizantes a preocupação com países ditos democráticos e ainda colonizadores, porque se nutrem da ideia malsã de anexar, aos seus territórios, os territórios de outros povos soberanos, contrariando e constrangendo as leis internacionais, tratados e convenções, resoluções de órgãos dirimentes de problemas diplomáticos, como se estivéssemos ainda na época do crê ou morre e sob as leis dos mais fortes e do porrete.

"NO ENCONTRO DAS ÁGUAS", o autor busca integrar definitivamente, sem peias nem amarras, a identidade cultural de um povo civilizado e com vocação irresistível a largos voos em todos os seus quadrantes e certamente com *status* de potência mundial, com a legítima e impostergável soberania sobre o seu sagrado território.

Põe em erguido ressalto a lamentável e crudelíssima condição humana de miséria e fome que acomete mais de um bilhão de criaturas doentes e famintas, sem ter para quem recorrer no intuito de equacionar tão grave e doloroso problema social, que a cada década se agrava e se agudiza cada vez mais, sem que se aponte uma solução racional e profundamente humana.

De feito, concluídos os trabalhos de pesquisa e outros estudos mais complexos, para efeito de demonstração de tese de mestrado, a que se propuseram quando de suas viagens aos contrafortes andinos, tendo por escopo conhecer melhor e com mais profundidade as fontes e origens de nossos rios, principalmente o Rio Negro, também denominado de Guaínia, certamente Ajuricaba Ranulfo e Bartira, personagens centrais do romance, por sugestões de amigos, resolveram saborear uma caldeirada de tambaqui no restaurante "Moranguetá", tradicional recanto das iguarias regionais, quase em frente ao "Encontro das Águas", e ele, em tom romântico, inspirado na suavidade da claridade lunar e num clima propício para colóquios amorosos, sob os olhares indiscretos a distância dos comandantes Still e Macenas, que conversavam em tom um pouco exaltado sobre um naufrágio em que uma corveta colombiana conduzida por tripulantes bêbados veio a colidir com um navio brasileiro, matando-os quase todos, de um total de 112, entre tripulantes e passageiros brasileiros, devia ter dito, a ela Bartira, com a sensação de um amor que se prenuncia eterno, declamando quase em sussurro, no seu ouvido atento, olhando para um rio caudaloso, mais conhecido como o "Rei dos Rios", cuja superfície, numa noite nupcial, recamava-se de prata, a última estrofe do famoso soneto de Quintino Cunha, como se Bartira fosse Maria:

> Se esses dois rios fossemos Maria,
>
> todas as vezes que nos encontramos,
>
> Que Amazonas de amor não sairia,
>
> De mim, de ti, de nós que nos amamos.

Parabéns ao escritor Sebastião Moura Costa, por mais esta contribuição valiosa às letras planiciárias e regionais, situando-se, hoje em dia, ao nível de notáveis escritores que estudam e perquirem a terra de Ajuricaba, Orellana, Von Martius, Humboldt, Von Spix, Gutemberg Fernandes, Nogueira da Mata, Libero Luxardo, Jarbas Passarinho, Djalma Batista, Mario Ypiranga, Paulo Jacob, Dalcidio Jurandir, Leandro Tocantis, Artur Reis, e mais uma constelação de grandes escritores que enobreceram a terra e tornaram-na grande e futurosa para o bem de quantos aqui labutam na esperança de melhores dias.

CLÓVIS ALBUQUERQUE DA MATA
Academia Internacional Pré-Andina de Letras

APRESENTAÇÃO

Finalmente acontece de o singular marco do Rio Mar, o internacional Amazonas, receber o reconhecimento das entidades e dos estudiosos no assunto como o maior rio do mundo. Graças ao trabalho sério e à tenacidade de cientistas e equipes de profissionais da imprensa que foram *in loco* comprovar a sua verdadeira nascente no Nevado Mismi[1] nos Andes peruanos, acrescentando-lhe mais 140 km e ultrapassando o africano Rio Nilo, do Egito.

Era tido e havido pelo mundo geográfico que o Rio Amazonas sempre fora o primeiro em volume d'água; agora arrebata o merecido direito de o ser em extensão também. A bacia hidrográfica do rio desperta juntamente com a fabulosa Hileia Amazônica interesses internacionais que nem sempre estão em consonância com aqueles do imenso país da América do Sul e do mundo, o Brasil, que se conduz pragmático na tarefa de manter a floresta de pé, uma ameaça cotidiana à fauna, à flora, aos recursos naturais e ao seu inigualável potencial hídrico.

Conforme mostram os meios de comunicação televisivos e os avançados estudos meteorológicos: que a influência da Amazônia no clima do país é unânime e tem parcela importante ainda no equilíbrio das demais regiões do planeta retendo gás carbônico, filtrando-o e liberando-o livre dos nocivos efeitos para a vida humana e que os dirigentes mundiais nos diferentes campos político, social e econômico são responsáveis pelo aquecimento global provocado

---

[1] JORNAL DO BRASIL. Edição de 03 de julho de 2008. SALDANHA, P. **Amazônia – Documentário para TV**.

pela ampliação no buraco da camada de ozônio protetora da Terra, movidos pela ganância da produção geométrica de bens, fábricas poluidoras cuja escala de acumulação de ganhos são os antolhos das suas metas, não importando se os seus descendentes serão as maiores vítimas dessas atitudes e condutas.

Merece registro o comportamento de pessoas importantes como do ex-vice-presidente americano Al Gore repensando a sua caminhada até aqui percorrida ao optar por defender a ecologia e a vida saudável do planeta, valendo-lhe a conquista recente do Nobel da Paz afirmando haver encontrado a sua verdadeira razão para lutar agora e no porvir.

Oportuno suscitar um tema sobre o rei dos rios, o Amazonas, muito recorrente nesta quadra de tempo em que ele passa a ser, repito, oficialmente guindado à posição de maior rio do mundo em extensão e volume d'água. Razão pela qual este livro sendo leitura de conto e ficção no início do seu nascimento, assim como o Rio Negro aonde as suas águas se encontram, incorpora-se nas lendas que são fetiches da vida hinterlandina do caboclo amazônico, criando figuras de folclore que bem dizem da alma daquele homem isolado e rodeado do que sabiamente a natureza o presenteou. Uma biodiversidade mantida e preservada por ele praticando costumes aprendidos com os seus ancestrais, os índios, que lutam desesperadamente para manter as suas identidades étnicas como os seus coirmãos remanescentes nas latitudes globais: na América do Norte, Central e do Sul; no Alasca, os esquimós; na Austrália, os aborígenes; na África e suas tribos, enfim que o homem dito civilizado escarnece e despreza impondo a sua evolução socioeducativa e econômica de destruição sem respeitar as diferenças e as minorias.

Parecendo fora do contexto, no entanto procedente, a lenda de uma entidade respeitável do sul brasileiro é a demonstração rica da cultura e inventiva do gentio do campo e dos grotões que efetivamente planta a grandeza e soma para o futuro da Pátria. Será que o homem não está retomando a sua volta para o campo, livre da cada vez mais patente incapacidade de administração da vida nas grandes cidades?

Nesses tempos em que as instituições internacionais premiam e tombam referências da natureza ou aquelas construídas pelo homem como patrimônio da humanidade, nada mais significativo para todos os brasileiros que o nosso território, na região mais discutida e mencionada do país em todos os Fóruns Internacionais, a Região Amazônica, abrigue um fenômeno que, se estivesse em solo de nações entesouradas e do primeiro mundo, certamente já teria sido agraciado por tais chancelas no encontro dos gigantescos Rios Negro e Solimões emoldurando a tela pictórica da capital amazonense, Manaus.

Os personagens protagonistas do conto e ficção, Ajuricaba e Bartira, são a menção tardia de duas figuras indígenas da história real da nossa colonização e servem como parâmetro para a reflexão dos profissionais que estudam e apresentam soluções para o complexo crescimento dos problemas urbanísticos das grandes cidades, denunciando o drama de milhares de homônimos dos protagonistas expulsos de suas terras de origem pela ótica exploratória e predatória do *homo sapiens* civilizado impelindo-os, cada vez mais, para os guetos, mocambos, favelas e periferias das metrópoles e megalópoles onde eles, anônima e silenciosamente, sucumbem.

O Estado do Amazonas proporcional ao seu tamanho ainda é da Região Norte do Brasil o que menos sofre a agressão das queimadas, articulada ação nefanda dos garimpos, carvoarias, das inadequadas atividades pastoris empresariais e plantação de grãos que devastam a floresta sem respeitá-la, quando poderiam fazê-lo de forma ecologicamente correta.

Portanto, da magnífica Cordilheira dos Andes e descendo as águas barrentas e negras dos rios Amazonas e o Negro, o primeiro nas suas outras denominações em terras peruanas e do Brasil, ensejou ao autor colher dados fundamentais nas obras escritas por intelectuais e estudiosos do Amazonas e seus profissionais da imprensa do Brasil e internacionais que estão citados na bibliografia elencada e funcionaram como forte apoio de consulta nesta ficção que tem o cheiro e o deslumbramento da maior selva tropical do mundo em cujos rios vivem: igual biodiversidade, de tão grande importância, que relembrando depoimentos prestados por astronautas olhando para o nosso planeta do espaço sideral, apenas identificaram dois pontos nos cinco continentes: as muralhas da China e a Bacia do Rio Amazonas; daí no término desta apresentação trazer a poética definição primeira do cosmonauta russo, a bordo da Vostok I, Yuri Gagarin, no voo inaugural da corrida espacial pilotada por um ser humano no dia 12 de abril de 1961: "A Terra é Azul".

E ela continuará azul se a Amazônia for preservada.

O autor

SUMÁRIO

CAPÍTULO I
A EXCURSÃO A CUZCO E MACHU PICCHU..................25

CAPÍTULO II
O ENCONTRO COM MAXLAN
CUÑAS – KRIXEN E AZLE..................29

CAPÍTULO III
AJURICABA SEGUE A CAMINHADA DO RIO MAR..................35

CAPÍTULO IV
EM CALAMAR, BARTIRA DESCE
O RIO NEGRO EM DIREÇÃO AO BRASIL..................39

CAPÍTULO V
NO RIO SOLIMÕES EM TERRAS BRASILEIRAS,
O CONTO DA COBRA GRANDE..................47

CAPÍTULO VI
TAPURUQUARA NO ALTO RIO NEGRO
E A RAINHA DOS RIOS..................55

CAPÍTULO VII
EM MANACAPURU,
A LENDA DO BOTO TUCUXI..................61

CAPÍTULO VIII
OS PIONEIROS MODERNOS NA INTEGRAÇÃO
DA AMAZÔNIA E A ANTIGA MARIUÁ..................67

CAPÍTULO IX
REVERBERAÇÕES DO COMANDANTE STILL.................71

CAPÍTULO X
REFLEXÕES DE BARTIRA.................77

CAPÍTULO XI
O COMANDANTE STILL REVELA
UMA LENDA DA SUA TERRA.................81

CAPÍTULO XII
OS NAVIOS PURUS E ALEGRIA FINALMENTE
APORTAM EM MANAUS.................89

CAPÍTULO XIII
A CHEGADA AO ENCONTRO DAS ÁGUAS.................93

CAPÍTULO XIV
CONSIDERAÇÕES INICIAIS
DO ENCONTRO DAS ÁGUAS II.................101

CAPÍTULO XV
A CORTE DE ODIN, LIV E NOD.................105

CAPÍTULO XVI
A LENDA DA COBRA NORATO.................109

CAPÍTULO XVII
MANI, UMA LENDA.................115

CAPÍTULO XVIII
AÇAÍ, FRUTO AMAZÔNICO.................121

CAPÍTULO XIX
O GUARANÁ, UMA LENDA.................131

REFERÊNCIAS.................137

CAPÍTULO I

A EXCURSÃO A CUZCO E MACHU PICCHU

A manhã ensolarada e fria e o céu azul, acumpliciado com as mutantes nuvens distantes, modificando-se ligeiras na amplidão do infinito, apresentava as boas-vindas ao grupo de turistas que excursionava nos Andes peruanos e, pelas janelas do ônibus, flagrantes daqueles páramos predominando a vegetação rasteira, resquícios do verde, nas encostas íngremes das formações rochosas e floradas dispersas em arbustos dispostos pela natureza davam o ar primaveril àquela altitude. Serpenteando paralelamente ao leito da rodovia asfaltada e em trechos secundários de terra e empoeirados, rios estreitos molhando o chão.

O destino era Cuzco, capital do antigo Império Inca para uma visita cultural, alimentação de praxe e depois seguir para Machu Picchu, a emblemática cidade descoberta no início do século 20 e que povoava de dúvidas as maiores autoridades estudiosas no assunto, tartamudeando para justificá-las nas suas teses acadêmicas. E se indagavam: como uma etnia pré-colombiana construiu naquelas altitudes de 3.400 metros uma cidade com todos os requisitos dos conceitos urbanísticos civilizados, dotada de infraestrutura e de saneamento – abastecimento d'água e canalização de esgotos –, irrigação das culturas alimentares, arruamento e construções concebidas com técnicas das mais adiantadas civilizações antigas?

Depois a constatação de que eles já utilizavam a Astronomia e a Matemática, a fundição de metais, além de outros conhecimentos no seu cotidiano.

Ajuricaba Ranulfo, um brasileiro estava entre esses turistas e buscava encontrar as peças para o quebra-cabeça e, curioso, queria respostas para seus questionamentos e os de todos ali. Era sabido que Machu Picchu na língua quéchua e dos incas significava Montanha Velha, que de certa maneira se confundia com a idade da imponente Cordilheira dos Andes, elevando-se por toda parte das terras castelhanas nos países ao norte, centro, e sul do Brasil, formando um formidável maciço que se iniciava na Venezuela passando pela Colômbia, Peru, Bolívia, Equador, Chile e Argentina, localizando-se na fronteira desses dois últimos países o pico Aconcágua e ponto culminante da Cordilheira dos Andes com altura de 6.960 metros.

Até Machu Picchu, a instabilidade de chuvas geladas, descortinando nos momentos seguintes véus de gotículas alternadas e o aparecimento do firmamento azul, estabelecendo uma comunhão do homem com o infinito, arrefecendo a sua soberba ante os desígnios da criação. E na medida em que a altitude aumentava rareava o ar, provocando um pequeno susto nos excursionistas preocupados com ligeiras alterações nos seus metabolismos.

Os povos da localidade ostentavam silenciosos a aparência índia genética, aquecidos por pesados agasalhos e chapéus cobrindo suas cabeças, protegendo-os das intempéries do tempo. As mulheres de saias coloridas e pulôveres de lã maciça, cabelos negros em tranças cuidadosamente preparadas, faces vermelhas do frio das alturas, negociando seus artesanatos, outras comercializando ervas e colheitas caseiras, com meias de lãs enfiadas e aquecendo os pés em sapatos concebidos dentro das suas casas, de peles de animais domesticados e curtidos para essas finalidades. Os homens envergando casacos de lã, calças escuras e grossas e um pala como suplemento para a queda repentina da temperatura; olhos negros acostumados a espreitar o movimento em sua volta, alguns mascando uma providencial folha de coca, hábito secular daquele povo, afastando os efeitos da altitude e adiando o apetite anunciado pelo estômago e o desejo de comer, pareciam não se importunar com o afã turístico, alguns exibindo suas mercadorias como *souvenirs*; outros, simplesmente continuando a encaminhar suas vidas. A figura de lhamas e alpacas domesticadas e pacientemente pastoreadas confirmavam a fauna difundida nos vídeos e compêndios geográficos, além de guanacos e vicunhas ariscas vivendo suas sagas selvagens.

CAPÍTULO II

O ENCONTRO COM MAXLAN CUÑAS – KRIXEN E AZLE

Estrategicamente postado ao lado de uma ruína de Machu Picchu, Maxlan Cuñas, um dos guias do lugar, atraía a atenção de número apreciável de visitantes fazendo a sua pregação isolada sobre um assunto que tinha um liame com aquele vale cheio de sortilégios. Sua figura remontava aos seus antepassados incas: tez morena queimada do sol andino, cabelos negros e lisos, voz tonitruante e ritmada, largo nos gestos e porte físico forte e altaneiro, coberto pelo poncho colorido, calças grossas e um chapéu típico da sua gente, entremeava palavras quéchuas na sua explanação em inglês que dava para o gasto e entendimentos da sua internacional oitiva. Afirmava que majestosa como a cidade de Machu Picchu e o seu povo contaria a história que ouviu dos seus pais e estes dos ancestrais sobre o nascimento do rei dos rios e do mundo, o Ucayale, Solimões ou Amazonas – nas suas três denominações mais divulgadas em terras peruanas e brasileiras – que escolheu aquele lugar mágico para brotar sobranceiro, derramando generosamente o seu caudal inigualável de água doce, determinante para alimentar toda Selva Selvaggia – a Floresta Amazônica – na ótica italiana e importante termômetro no ecossistema mundial, que pede urgência contra a sua degradação, carente de um pulmão verde e outros biomas remanescentes no planeta.

Maxlan respirou fundo e como se balbuciasse uma prece, ergueu os braços aos céus e iniciou o seu relato onírico:

No reino dos predecessores de Atahualpa o herdeiro do trono inca era uma criança que tinha todas as atenções dos seus pais voltadas para o seu futuro. Sua companhia constante, nessa fase infantil e nas outras seguintes, foi uma bela e graciosa menina, filha de um dos graduados membros da corte, com o acolhimento dos seus pais e as simpatias dos demais habitantes dali.

Brincavam e estudavam juntos, estabelecendo cada vez mais laços profundos de amizade e bem-querer, que eles faziam questão de demonstrar publicamente.

Observavam atentos a vegetação do altiplano e suas floradas distintas, só encontradas ali, portanto, raras e multicoloridas, polinizadas por delicados pássaros andinos. Exercitavam e se encantavam com o eco dos seus gritos inocentes a ressoar entre os magníficos contornos das montanhas e o mistério de que habitavam espíritos guardiães naqueles recônditos do mundo.

Assistiam enlevados e respeitosos os cultos e ritos do seu povo, oferecendo presentes às divindades em que depositavam a sua fé, que fortalecia a crença pelo desconhecido, mantendo a união entre todos.

Krixen e Azle chegaram à puberdade cada vez mais ligados entre si e faziam planos para uma união próxima e ter filhos, não enxergando qualquer futuro em que um não estivesse na vida do outro. Ele, talentoso e inteligente. Ela, uma beleza ímpar, prendada e querida jovem da sua gente.

Perto dali, no Canyon do Cola, nas altitudes de 4.000 metros, viviam animais alados monumentais, antepassados dos portentosos condores, que percorriam distâncias continentais nos seus deslocamentos e faziam visitas inesperadas aos povos da montanha, acontecendo o abate de vítimas humanas e de animais, despertando o temor desses habitantes pelos predadores voadores que eles chamavam Crarak.

Como agravante, na orogênese[2] as forças telúricas da natureza se anunciavam pelos tremores e abalos sísmicos que levavam a insegurança nas fendas abertas na terra, tragando as habitações e o solo cultivados, espalhando cadáveres de pessoas e animais domesticados e todo o sistema de infraestrutura construído. Vivos e traiçoeiros, os vulcões expeliam as suas lavas como cachoeiras incandescentes desabando montanha abaixo, espalhando o mortífero odor de enxofre, sufocando e destroçando tudo que estivesse no seu caminho, depois de irrupções imprevisíveis, parecendo vômitos dos intestinos da terra.

Os céus tingidos de vermelho da explosão vulcânica e a cor ocre da poeira do solo sublevado mudavam completamente a fisiografia e a paisagem daquelas formações rochosas. Imediatamente, os sobreviventes reuniam as últimas forças da anima e venciam os escombros dessas catástrofes e reconstruíam as suas vidas em mutirões que demonstravam a cadeia de ajuda que se fortificava.

Presos aos medos e crenças, invocavam os seus deuses, principalmente Solix, capaz de frear o apetite das forças da natureza.

Além dos gigantes alados, eram vistos com muita frequência lagartos imensos e felinos possantes, ágeis e sedentos de carne de qualquer presa. Assistiam amedrontados e protegidos em esconderijos os encontros titânicos desses animais, que podiam custar a vida de um deles, deixando no ar seus urros ensurdecedores na investida da luta fratricida pelo alimento e a rivalidade das espécies. Eram aparentados dos sáurios e dos dentes de sabre da conhecida pré-história.

Com essas gigantescas criaturas ao seu redor os ascendentes dos incas temiam muito mais o Crarak e suas garras poderosas, o crocitar paralisador, fazendo refém as suas vítimas que raptavam abruptamente, levando-as indefesas pelos ares, para os píncaros dos seus ninhos e o banquete da sua prole.

Num desses amuos da natureza, crateras descomunais abriram-se no solo e depósitos de fogo emergiram das profundezas

---

[2] O GLOBO, **Atlas Geográfico Mundial**. 3. ed. do "Times Atlas of the world" do New York Times, 1998.

dizimando parte considerável da tribo e seus desfiladeiros de colheita de alimentos, obrigando os remanescentes a apostar na divisão indesejada do imponderável pela sobrevivência, como uma hipotética Gondwana[3] da Era Mesozoica. Um grupo foi empurrado para lugares cada vez mais distantes e que achavam mais seguros; o outro permanecendo nas proximidades. Este o destino dos pais de Krixen e os que se salvaram da catástrofe, separados dos seus irmãos de sangue pela morte ou pela umbra que desceu dos céus confundindo-os e obrigando-os a vagar pelas veredas do altiplano e se estabelecer na região de Calamar, na hoje Colômbia, ficando Azle apartada pelo destino do seu amado Krixen. De início, a esperança do reencontro, depois a insegurança da ausência sentida, prostrando-a pela enfermidade e o desencanto dos seus sonhos.

Não era diferente para Krixen, também ferido pela separação da sua querida Azle e definhava a olhos vistos pela negativa de se alimentar e falava abertamente que só tinha um desejo: reencontrá-la ou a morte. Até se apresentou como voluntário para ser uma oferenda aos Deuses enfurecidos e as feras que frequentemente ameaçavam a sua gente. A vida para ele não tinha nenhum sentido. Seus pais e o seu povo não concordavam com esses desejos, vigiando-o e protegendo-o para não materializar pensamentos tão macabros.

Enquanto isso, há milhares de quilômetros dali, Azle aumentava o seu sofrimento e cada vez mais optava pela morte sem a presença de Krixen e agarrava-se ao desiderato do suicídio. Tarefa difícil, porque todos passaram a cuidar dela e tentar demovê-la dessas ideias e propósitos. O continuado revezamento na sua vigília era uma forma de afastá-la dessas sequelas do amor. Ela, por sua vez, somente esperava um pequeno descuido dos seus guardiães para executar a urdidura do seu plano.

Certa noite, quando tentava dormir, Krixen é sobressaltado pelo pesadelo da morte de Azle, ao mesmo tempo em que ela, onde se encontrava, é visitada pelo sopro de um arcanjo anunciando

---

[3] O GLOBO, **Atlas Geográfico Mundial**. 3. ed. do "Times Atlas of the world" do New York Times, 1998.

que Krixen estava prestes a sacrificar a própria vida por ela nas vizinhanças de Machu Picchu, no Nevado Mismi, que em língua quéchua significa Cadeia Montanhosa, para onde fora levado pelos seus irmãos de tribo com a finalidade de espairecer na caminhada longa e se reencontrar com a sábia natureza. Ele já havia planejado untar o seu corpo e as suas vestes com óleos inflamáveis e usados como combustível pelo seu povo. Naquele dia se aproxima de um guerreiro que empunhava um archote e rapidamente toma-o em suas mãos, chega à beira de um precipício e grita com todas as forças da sua voz:

– Vou saltar nas profundezas dessas montanhas geladas e desaparecer nas suas entranhas para que a chama sagrada desse archote ilumine eternamente o meu amor e o de Azle.

Ato seguinte, tocando o archote nas suas vestes, o fogo se propaga no seu corpo transformando-o numa tocha humana, para assombro e catarse dos seus acompanhantes incrédulos e uma única lágrima rola solta pelo seu rosto, ao lado do corpo hirsuto, e cai no espaço livre do imenso sacrifício de Krixen.

Num átimo de segundos, lágrimas escorrem nos rostos contrafeitos de seus acompanhantes, amigos testemunhas e presentes ressaltando o grande sofrimento que envolveu a todos. Como por encanto, a multiplicação das águas aconteceu. Todas as lágrimas e mais a derramada por Krixen penetram no gelo derretendo-o, formando uma nascente que encontrando o solo arenoso nas encostas do Nevado Mismi faz escorrer um filete aquoso por entre as estalactites de gelo que alcançaram as terras mais baixas, desabrochando em um pequeno riacho mourejando entre o solo protegido de arbustos dessas encostas e no prosseguimento resoluto apresenta um volume de rio nas planícies do distrito de Ucayale, encontrando-se na bifurcação distante 140 quilômetros, ganhando um dos seus diversos nomes em terras peruanas e somando o seu verdadeiro tamanho de 6.992.006 quilômetros, tornando-se, em extensão, o maior rio do mundo, quando anteriormente nos antigos registros geográficos já o era em volume d'água.

Na sua gigantesca caminhada encontra a Selva Selvaggia, rasgando-a e desvirginando-a em toda sua plenitude e fecundando-a para o bem da ecologia de todo o planeta.

Naquele momento e na ubiquidade do tempo, Azle, no altiplano colombiano, ouve e vê passar nas suas incursões de caça a alimentos um Crarak e mais rápida que todos em sua volta oferece-se em holocausto aos instintos da rapina voante para estupor e impotência delas que, imediatamente, em enorme alarido despertam toda a sua gente para impedir que Azle fosse presa da fera dos ares. Tudo em vão, pois a rapidez do predador alça Azle pelas garras, arrancando lágrimas dos seus olhos, por acreditar que se encontrará em breve com o seu amado Krixen, no paraíso da outra vida.

Todo o seu povo presenciava cada vez mais o Crarak se afastar para as alturas, crocitando e espalhando o mau agouro pelos céus, só restando aos assistentes do trágico desfecho o choro incontido nas montanhas geladas daquelas vastidões andinas provocando o nascimento de uma fonte brotando água entre o gelo da montanha, escorrendo como seiva pelo vale antes de ultrapassar a fronteira brasileira se misturando aos sedimentos do seu itinerário, dando a aparência de águas escuras e assim ser chamado de Nigro pelos habitantes das suas margens, após adentrar a densa Floresta Amazônica colombiana, mantendo o mesmo nome até encontrar-se com o Rio Solimões nos contornos da cidade de Manaus no Estado do Amazonas, componente da maior bacia hidrográfica do mundo com mais de 7.500.000 quilômetros quadrados e tornando-se o principal rio da margem direita do Rio Amazonas.

É finalmente selado o reencontro eterno de Krixen e Azle num abraço longo de 12 quilômetros em ternas blandícias e bodas eternas, imortalizando esse marco ímpar de um acidente geográfico.

Aos poucos Maxlan volta da sua *performance* e se reintegra às ruínas de Machu Picchu, recebendo os aplausos calorosos dos seus ouvintes, absortos na sua história e pensativos no que ele acabara de teatralizar. Todos são chamados para os últimos contatos com aquelas edificações e retornar aos seus veículos condutores e finalmente aos hotéis e pousadas de base.

CAPÍTULO III

AJURICABA SEGUE A CAMINHADA DO RIO MAR

A reação de cada um, passado o impacto do relato de Maxlan, parecia a viagem regressiva no túnel do tempo e por isso aparentavam felicidade pelo que ele lhes contou. Enquanto isso, o brasileiro Ajuricaba Ranulfo, contemplando aquelas paisagens e o silêncio milenar daquelas montanhas e se dirigindo para o Hotel Vilcanota, em que se hospedara em Cuzco, começava a mudar completamente o rumo da sua excursão nos novos planos de turismo. Por que não ir até a cidade mais próxima e descer todo o Rio Solimões até Manaus para reverenciar o encontro de Krixen e Azle no famoso Encontro das Águas e ponto turístico da capital amazonense e importante cidade brasileira?

No próprio hotel conversou com os empregados da recepção sobre a sua decisão de fazer essa viagem pelo maior rio do mundo, sendo aconselhado a procurar uma agência de turismo que fazia esse trajeto até a fronteira com o Brasil e, passando para aquele país, completar o percurso e realizar o desejo de conhecer também um pouco da vida ribeirinha em solo brasileiro.

A Agência de Viagens Marañon, especializada em roteiros e pontos turísticos fora dos agendados dentro das fronteiras do Peru foi o encontro perfeito para Ajuricaba se deliciar com as opções apresentadas, mas se considerou satisfeito com um deles que fazia uma incursão a Quilabamba[4], vizinha ao Parque Nacional de Manu, uma parada na cidade de Ayacucho, aonde o

---

[4] O GLOBO, **Atlas Geográfico Mundial**. 3. ed. do "Times Atlas of the world" do New York Times, 1998.

Rio Mar vindo do Nevado Mismi recebe o nome de Ucayale e a seguir outros especiais nomes – continuando o seu curso até as imediações de Pucalpa, prossegue e chega à cidade de Iquitos, em que os excursionistas fariam um breve descanso, coincidindo com a nova denominação dos habitantes da região para o rio, de Solimões, estendendo a sua caminhada e abraçando as fronteiras do Peru, Colômbia e Brasil nas cidades de Letícia em território colombiano e Tabatinga no lado brasileiro.

Não se arrependeu do percurso escolhido e conheceu parte da Amazônia Internacional e em particular a peruana. No Canyon do Cola se maravilhou com a observação dos imponentes condores nos ares, que chegam a medir três metros da ponta de uma asa para outra quando estão voando, aproveitando as grandes alturas e vácuo das ondas amenas dos ventos que faziam a nobreza do voo daquelas aves. Verdadeiramente, os reis dos ares e os primeiros vigilantes modernos da saga do Rio Mar, Ucayale, Solimões e outros nomes para os peruanos e Solimões e Amazonas para todos os brasileiros cúmplices na parceria de viver numa região muito cobiçada por americanos, europeus, asiáticos e o último grandioso pulmão verde do planeta.

A chegada em Iquitos e o rio batizado com o nome de Solimões, demonstrando a excepcional navegabilidade para embarcações e navios, inclusive os de guerra das marinhas peruana e brasileira fazendo o patrulhamento regular das suas águas, dando uma conotação de proteção às terras e os habitantes daquela fronteira. Terminando a sua excursão em solo peruano, do outro lado do rio, resolveram passar na cidade colombiana de Letícia atraídos pelas compras, uma vez que essa cidade tinha um dos mais antigo *status* de Zona Franca das Américas; pelo intenso comércio local resolve ultrapassar a fronteira brasileira atravessando para a cidade de Tabatinga em solo brasileiro. Imediatamente, pelo cair da tarde e desejo do corpo em descansar, hospeda-se num hotel da cidade para no outro dia dar sequência à sua vontade de descer o Rio Solimões até a cidade de Manaus e presenciar o encontro com outro rio augusto, o Negro.

Por ser uma região equatorial o calor e a umidade estavam presentes, só dando tréguas à noite quando a temperatura baixava a níveis que podiam propiciar um sono restaurador do desgaste enfrentado durante o dia.

Ajuricaba sabia que teria pela frente os percalços conhecidos da selva: mosquitos, insetos e vetores de doenças típicas da região e, se bem debelados com os recursos que a modernidade dispunha na área médico-sanitária, seriam enfrentados e vencidos sem maiores atropelos. Assim, muniu-se desses combatentes disponíveis, pois desde Cuzco já havia assegurado esses artifícios e não temia qualquer contratempo da Floresta Tropical.

Acertou uma viagem com destino a Manaus em navio de linha, como era conhecido pelos hinterlandinos, por fazer uma rota que descia o rio parando em cidades que ficavam no caminho, permitindo aos seus moradores que percorressem parte e trechos do rio ou viajassem até o destino final na cidade de Manaus.

CAPÍTULO IV

EM CALAMAR, BARTIRA DESCE O RIO NEGRO EM DIREÇÃO AO BRASIL

Visitando a Colômbia em viagem de estudos antropológicos e para participar de um Simpósio Internacional sobre o assunto, Bartira Senalha, uma brasileira interessada na história das civilizações pré-colombianas, naquele momento se encontrava em Bogotá, capital do país, quando num *stand* do *hall* do hotel em que ficara hospedada teve a sua atenção despertada para uma propaganda de um *tour* de aventuras nas selvas colombianas, prometendo levar os interessados para conhecer as cabeceiras do Rio Negro, o mais importante da margem direita do maior rio do mundo, o Amazonas, na sua caminhada internacional adentrando terras brasileiras.

Imediatamente procurou se incluir no grupo de pessoas voltadas para esse tipo de turismo alternativo formado na empresa que prometia realizar o passeio. A primeira etapa era seguir num voo *charter*, fretado para esse fim com destino à região de Calamar e presenciar o nascimento daquele importante afluente do Rio Mar. Numa área mais baixa dos contrafortes andinos de 1.360 metros que a expedição de Francisco Orellana descendo o Rio Amazonas e se deparando com aquele outro rio imenso e de águas escuras chamou de Negro e que os índios já denominavam de Curuamã[5], *água preta*, os aventureiros veem brotar um claro borbulhar de águas que vão percorrer distância gigantesca na Amazônia colombiana e brasileira.

Rio abaixo e acomodados em lanchas velozes e devidamente cobertas para proteção contra as chuvas, eles navegavam para a fronteira brasileira, conhecendo a primeira pequena cidade brasileira de Cucuí, encravada no alto Rio Negro, quando o guia chamou a atenção para o fato de que naquelas imediações se localizava o ponto mais elevado do solo brasileiro, o Pico da Neblina[6], com a altitude de 3.014 metros, despertando a curiosidade de todos que quiseram vê-lo. Apesar da relativa distância, estava justificado o nome: todo envolto numa névoa espessa que ocasionalmente se dissipa. A exuberância da floresta tocava o coração de cada um dos integrantes do *tour* de aventuras. Mata fechada e árvores colossais, recheadas de galhos tentaculares se entrelaçando fazendo o astro-rei, o Sol, encontrar dificuldades para beijar o solo e aquecer a umidade amazônica. Troncos de contornos variados; eretos, retorcidos e cipós disputando com as folhas espaços e facilitando a passagem de um animal entre uma árvore e outra. Castanheiras, seringueiras, mognos, sapopemas, cedros e frutíferas originais daquele solo tropical.

Nesse jângal inigualável, a vida alada se apresenta paradisíaca e um pássaro se destaca: a Harpia Amazônica, chamando a atenção de todos; em tons azul, branco e cinza e sem favor nenhum ganha o título de a águia da região, semelhante aos seus aparentados encontrados desde o México até a Argentina, apenas guardando a preocupação dos preservacionistas das espécies animais, constatando que ela figura entre aqueles em extinção sequestrada para os cativeiros dos zoológicos e colecionadores no mundo todo. Imponente e guardiã da sua família e caçadora respeitável de

---

[5] MATA, J. N. A **Amazônia na História**. Manaus: Editora Gráfica Rex,1977.
[6] O GLOBO, **Atlas Geográfico Mundial**. 3. ed. "Times Atlas of the world" do New York Times, 1998.

roedores que facilmente se multiplicam, a sua ausência influencia o equilíbrio da cadeia biológica do ecossistema.

Outro habitante alado famoso, o Uirapuru, cantado em prosa e verso – *wirapu'ru* na linguagem indígena –, hoje raramente pode ser encontrado e com muita sorte em aparições esporádicas e sempre no amanhecer e por pouco tempo. Certa grei tem a coloração preta e o cocuruto branco arisco e astuto e carrega o mito de que ao cantar os outros pássaros silenciam para ouvi-lo, dando audições canoras emitidas pelo seu trinado real e ímpar.

O Uirapuru simboliza o canto de grandiosidade da Hileia Amazônica. É o porta-voz da fauna alada que lhe confere o galardão e a primazia das grandes divas do canto lírico.

Morrer sem ter ouvido o canto do Uirapuru é ser um amazônida sem ter conhecido o Teatro Amazonas e o seu palco onde ele reina invisível nas récitas ali executadas.

Voltaram ao curso do Rio Negro e em seguida se dirigiram para a cidade brasileira de São Gabriel da Cachoeira no estado do Amazonas, programada para um descanso de todos. Bartira resolveu dar uma volta pelas cercanias e achou interessante a roda de pessoas que ordeiramente ouviam atentas a interlocutora da vez dizer o seu conto e uma simpática e encanecida senhora começou a falar pausadamente sobre testemunhos de amigos e familiares naquele informal colóquio das aparições assustadoras da lendária Mapinguari, habitante das selvas e companheira de sobressaltos dos caboclos embrenhados nas matas, caçando e coletando frutas e usando como moeda de trocas com os regatões – homens que negociavam mercadorias subindo e descendo os rios oferecendo roupas, calçados, bebidas, perfumes, querosene e bens úteis para vida dos hinterlandinos, sempre auferindo lucros nessas transações comerciais – daí cada vez mais se interiorizavam no desconhecido mundo verde da gigantesca floresta.

Mapinguari

Dona Chica, Francisca da Luz, fazia sem que fosse sua vontade um discreto suspense para contar a história daquele personagem folclórico e amazônico mantendo a interação com os ouvintes que a interrompiam para uma pergunta e enriquecer o desenrolar da ficção.

Ela pigarreou para limpar a garganta e soltar o seu conto:

Zé Ligeiro – José Crisanto –, assim que acordou, como fazia todos os dias, acendeu o pavio da lamparina para quebrar a escuridão da casa, uma palafita na beira do rio e sair cedo para a caça de animais e a coleta de frutas. Da caça, retirava um pouco da carne para a alimentação da família e a maior parte dela, juntamente às peles e melhores frutas, destinava ao escambo com os regatões.

Lavou o rosto e escovou os dentes e mal colocou quatro dedos de café forte, preparado no coador e na hora e ainda fumegante, numa caneca vazia de metal esmaltado e comeu lascas de polpas de pupunha e tucumã, mastigadas com bocados de farinha d'água e três bananas-nanicas arrancadas do cacho mantido na parede de madeira da casa, lambeu os beiços, abraçou a mulher olhou com carinho para o filho que dormia numa cama improvisada e partiu. O dia ainda madrugava e a escuridão dominava. Vestindo a mesma bermuda cinza de sempre, feita de recorte das pernas de uma calça velha; a camisa azul desbotada de malha, mangas curtas gastas pelo tempo; o sapato de borracha, imitação de galochas, adquirido no escambo com o regatão, que protegia os seus pés do solo inóspito e ataques de animais peçonhentos. Levou a sua espingarda, companhia de andanças, algumas balas; terçado na mão para facilitar a sua locomoção na mata abrindo clareiras; um cesto nas costas para transportar as frutas e as caças abatidas na sua jornada e uma poronga na cabeça para alumiar as sendas da floresta.

Esse trabalho custava para ele o dia todo, só retornando para casa no final da tardinha, providenciando a sua alimentação com o que a mata oferecia: a água das fontes e dos igarapés, as frutas, as caças e peixes assados em espetos de madeira bem nova e mais resistente ao fogo. O sal em pequenas porções e a caixa de fósforos indispensáveis trazia-os num odre de peles preso à cintura.

Seguia otimista o seu caminho pensando na felicidade de morar ali com a família, desfrutando toda natureza à sua volta sem atropelos das cidades grandes – de que ele ouvia notícias preocupantes, em casa, através do seu pequeno rádio e companheiro de informações, que anunciava muitos confrontos entre as pessoas, os governantes e o avanço tecnológico aos quais ele dava de ombros, pois só queria ter o suficiente para continuar aquela vida muito sossegada.

Os primeiros raios de sol começaram a aparecer entre as folhagens espessas e a certeza da aparente segurança que a luminosidade traz em oposição às trevas. Piados de pássaros, esturros de predadores, gritos de bugios e a corrida serelepe por entre os galhos e as árvores de animais que davam vida à selva, o farfalhar de folhas flanando no ar até o chão e a queda de ouriços de castanhas, ouvidas a grandes distâncias. Águas correntes murmurando sinfonias no bioma preservado.

Já havia feito uma boa caminhada mata adentro e, acostumado com a diversidade dos cheiros da floresta, apurou o seu olfato para um novo, muito forte e acre, aguçando os seus sentidos para a indagação de saber o que seria responsável por aquele bodum repugnante.

Cuidadosamente, Zé Ligeiro esgueira-se por detrás de uma sumaúma e incrédulo vê passar a quase 20 metros de distância um ser que nunca tinha visto. Porte de gigante, braços longos e mãos descomunais para o corpo, pernas fortes e pés grandes e virados para dentro e com esporões nas pontas dos poucos dedos dos pés. Sua cabeça estreita e alongada para cima com apenas um olho, horripilante bocarra expelindo uma gosma asquerosa e fedorenta, emitindo grunhidos ameaçadores, a pupila dilatada e todo coberto de pelos longos esbatia ter cores que variavam do vermelho ao cinza, impondo medo e terror para quem estivesse na sua frente.

Imediatamente prendeu a respiração e entregou a sua alma e segurança aos céus e pediu em oração silenciosa que aquela criatura não o visse e seguisse o seu caminho poupando-lhe a vida. O ser desconhecido parou alguns segundos e girou seguidamente sobre o seu corpo dando urros alucinantes como se tudo em volta tremesse. Mostrando estar desconfiado, urinando com jatos fortes e batendo com os pés no chão, dando a impressão de que avisava estar demarcando aquele terreno, se locomoveu lesto entre a vegetação, folhas caídas e réstias de luz que penetrava nas copas das imensas árvores, deixando um rastro de terror na sua passagem fantasmagórica. Para Zé Ligeiro, momentaneamente surdo, tremendo da cabeça aos pés como se estivesse acometido de sezão – a febre muito conhecida da malária, presença endêmica na região – veio o desmaio natural e involuntário. Assim que voltou a si, atônito, não sabendo precisar quanto tempo passou ali e suando muito, Zé Ligeiro, ainda cambaleante, só pensou em retornar o mais rápido possível para a sua casa e contar à mulher o que havia visto e abrigar-se para aquela noite, prometendo ser de muita tensão e prováveis pesadelos.

Com o passar dos dias e em conversa com amigos e pessoas mais velhas, veio a saber que teve um inesperado encontro com a Mapinguari, uma criatura errante que habita a floresta amazônica e faz vítimas de humanos e bichos; portanto a sorte esteve do seu lado e o Criador ouviu-lhe as preces intercedendo a seu favor.

A senhora encanecida ficou em silêncio e deu por terminada a sua história, ficando para as outras mulheres a curiosidade das perguntas sobre a lenda da Mapinguari.

Bartira gostou daquele interessante assunto para os seus estudos e pesquisas; prevenida havia ligado discretamente o gravador, que decerto serviria para examinar com mais calma o material colhido.

CAPÍTULO V

NO RIO SOLIMÕES EM TERRAS BRASILEIRAS, O CONTO DA COBRA GRANDE

Enquanto isso, na fronteira brasileira. Ajuricaba deixava o hotel em que se hospedara na cidade de Tabatinga e parte no navio da linha, com o nome de Alegria, no firme desejo de descer o Rio Solimões. A primeira parada foi na cidade de Tefé, possuidora de um *Campus* Avançado da Universidade Estadual do Amazonas e alguma tradição no ensino da região. Próxima dali a cidade de Coari, esbanjando crescimento e desenvolvimento salutares, considerada um dos novos esteios da economia amazonense. Dentro dos seus limites municipais, a empresa brasileira de petróleo, Petrobras, construiu uma refinaria para o refino do óleo e extração de gás para o abastecimento de grande parte da Região Norte do Brasil e localizada no rio Urucu, uma grande aposta dos técnicos da empresa na existência de jazidas petrolíferas nas terras circundantes.

Em Tefé, entreposto de mercadorias da produção das localidades vizinhas, importante no movimento portuário da cidade, ancorado ali o navio Alegria, Ajuricaba observava o vaivém das pessoas que deixavam o navio e outros que chegavam como novos passageiros. As cargas e os produtos eram transportados para o destino final na cidade de Manaus a capital do estado do Amazonas.

Finalmente o crepúsculo leva o comandante do navio a dar por encerrada a parada em Tefé e prosseguem a viagem regular. Veio o jantar para os que compraram bilhetes de primeira classe com direito a dormir em toscos camarotes e aos demais passageiros restava levar suas próprias comidas e passar a noite em redes estendidas no interior do navio tornando difícil transitar pelo meio delas.

Ajuricaba, depois do jantar é convidado pelo comandante para ver na sua cabine um pouco do seu trabalho dirigindo nos rios amazônicos à noite, agora contando com alguns equipamentos modernos para auxílio da navegação em qualquer situação climática.

Para dar maior adrenalina à conversa, o Comandante Edgar Still resolveu trazer ao simpático passageiro Ajuricaba um assunto muito recorrente entre os ribeirinhos, a Cobra Grande, e os seus efeitos míticos sobre eles. Antes confessou que gostava de viajar pelo Rio Amazonas e olhando com carinho para suas águas da cor de barro e o horizonte sem fim afirmou: *quando chega o período da cheia nos rios da Bacia Amazônica, este rio apresenta, em determinados lugares, a distância de uma margem para outra de aproximadamente 50 quilômetros e dá a impressão que você navega em pleno oceano. Por isso imagino a incredulidade dos espanhóis Vicente Yáñez Pinzón e, depois, Francisco de Orellana que o chamaram de Mar Dulce*[7] *acertadamente.*

Ele continuou a sua conversa explicando que o rio, a partir de Manaus até o Baixo Amazonas, tem em algumas cidades locais a criação de gado como uma atividade inerente às suas economias, praticadas nas terras baixas e pastagens naturais, sem que os rebanhos apresentem grande número de cabeças igual às outras regiões brasileiras do Centro-Oeste, Sudeste e Sul do Brasil, pois as daqui são praticamente para o consumo no Estado e doméstico. Só que na época da cheia dos rios, as águas invadem as pastagens naturais, obrigando os donos das reses improvisarem marombas[8], balsas de madeira resistentes e cobertas de palha e flutuantes, para abrigarem os animais do ciclo das águas – assim chamado pelos

---

[7] MATA, J. N. A **Amazônia na História**. Manaus: Editora Gráfica Rex, 1977.
[8] MATA, J. N. **Amazônia:** Terra da Promissão. Manaus: Editora Gráfica Rex, 1979.

hinterlandinos. Os cuidados são redobrados pelos caboclos com a alimentação do gado e a defesa contra possíveis predadores.

Respirando fundo, Still virou-se para Ajuricaba e provocou: *você já ouviu falar da Cobra Grande dos rios amazônicos?*

– Mais ou menos, respondeu Ajuricaba, deixando dúvidas sobre as suas convicções.

– Então vou contar a versão atual que é muito corrente entre as populações do interior e que espero esteja disposto a ouvir!

– Claro, respondeu animado Ajuricaba, estou pronto e sou todo ouvidos.

A noite contribuía para a ambiência do assunto. A escuridão era total, apenas as luzes do navio Alegria apontavam as águas adiante e o barulho preponderante do motor se destacava, impulsionando a embarcação e um leve cheiro de óleo diesel queimado se confundia com os olfatos do mar de água doce.

O Comandante Still iniciou o seu conto:

Recentemente uma equipe de estudantes do Projeto Rondon havia permanecido naquela região aplicando os seus ensinamentos universitários, oportunidade que o governo brasileiro propiciara levando jovens das mais diferentes universidades do Brasil para a Região Amazônica para viver os problemas, as dificuldades e o modo de vida daquele povo afastado dos grandes centros, mas que acima de tudo ajudavam a ocupá-la e integrá-la ao território nacional.

Entre eles, o jovem Carlos, estudante do quarto ano de Medicina da Universidade Federal do Rio de Janeiro, empolgado com a possibilidade de estar entre os escolhidos para participar daquela missão, não escondia a sua ansiedade com o resultado da avaliação oficial pelo órgão público. Ele sonhava conhecer aquele mar de água doce e a monumental reserva verde da biodiversidade. Nos últimos dias não havia conseguido conciliar o sono, louco para misturar-se à vida hinterlandina. Para o seu contentamento, veio a convocação oficial e os preparativos para realizar o tão acalentado desejo.

A chegada à capital, Manaus, e o deslocamento para uma das paragens do Rio Solimões, juntamente com outros colegas em transporte da Marinha do Brasil, marcou o início da sua aventura.

Extasiado, contemplava a imensidão dos rios, as tempestades sem igual, a forma peculiar e única da floresta tropical, os seus habitantes na terra, na água e no ar. Estava embasbacado com o que via e se sentiu pequeno com a grandiosidade que a natureza proporcionou aquele éden ecológico brasileiro.

De forma difusa, seus habitantes civilizados ou aculturados saíam de pontos impensáveis nas suas igarités para a luta pela vida. Em locais distantes, os ajuntamentos de vilas e finalmente as cidades-sede dos municípios, escoadouro do sonho dos seus moradores.

Verificaram Carlos e seus colegas que as carências por atendimento médico e odontológico eram urgentes, além daqueles provenientes da escassez de instalações sanitárias e de prevenções médicas. Coisas do nosso Brasil gigante e da conhecida ausência do Poder Público.

Apesar disso tudo, começou as suas tarefas e cada vez mais se apaixonava pela região; a simplicidade do povo, os costumes, a culinária, as lendas, folclore e o escancarado amor à Pátria, o orgulho de serem brasileiros.

Após o trabalho que fazia, procurava conversar com os caboclos e ouvir as histórias contadas sobre o mundo em que viviam, tudo passado de geração em geração, prontas para serem transmitidas no futuro.

Numa dessas reuniões, Xandú, um respeitado habitante local e filho da terra, começou a discorrer sobre a lenda da Cobra Grande[9] ou Boiúna, muito conhecida por ali, principalmente pela população das margens dos grandes rios.

---

[9] MATA, J. N. **Amazônia: Terra da Promissão**. Manaus: Editora Gráfica Rex, 1979.

Cobra Grande

Carlos, aumentando a curiosidade e cauteloso na sua descrença com tais histórias, fazia perguntas a Xandú, que não se abalava e indagava se queriam que ele continuasse a narrativa. Carlos dizia:

– Claro Xandú a noite pede suspense.

– Bem, a Cobra Grande sempre aparece à noite e atrai as vítimas enfeitiçando pelo olhar. Ela pode aparecer durante o dia, o que é mais difícil, somente em locais sem movimentação e imensos alagados. Pelo seu porte gigantesco provoca fortes banzeiros, revolvendo a água e espalha um fedor insuportável, o pitiú, sempre levado pela direção do vento a grandes distâncias, atordoando as pessoas.

Imediatamente Carlos perguntou:

– Essa cobra não seria a sucuri, que todos sabem pode atingir mais de dez metros?

Xandú não se perturbou e respondeu:

– Não, essa Cobra Grande é diferente. Ela gosta muito de viajar em alguns rios à noite, parecendo uma embarcação, com pontos de luz, descendo e subindo nas suas águas.

Mais uma vez Carlos interveio:

– Quer dizer que ela disfarçada de embarcação procura enganar os navegantes da noite e atraí-los para sua boca?

– Isso mesmo, disse Xandú, e os que conseguiram escapar do disfarce dela ficaram lesos, malucos como vocês dizem.

Não satisfeito Carlos ponderou:

– Mas os barcos, mesmo a distância, têm o barulho do motor muito fácil de identificar, não é mesmo?

- É verdade, assentiu Xandú, só que o barco atraído já está completamente dominado pelo bicho e não consegue distinguir o barulho do motor.

Para não continuar interrompendo Xandú, Carlos e os outros colegas resolveram mudar de assunto e aproveitar a noite que estava muito bonita naquele dia, toda enfeitada com o brilho das estrelas e furtivos riscos coruscantes no céu, um zéfiro agradável vindo da mata e o tênue ruído do rebojo das águas do Rio Solimões.

Todos ficaram ali mais um pouco e, em seguida, cada um tomou o rumo da sua rede, para dormir e se refazer para o dia seguinte.

Carlos, naquela noite, pensou um pouco sobre o que dissera Xandú e depois se entregou nos braços de Morfeu, dormindo um sono só.

No outro dia, Carlos seguiu com seus colegas para as regiões próximas, para fazer o atendimento nas suas especialidades. Devido uma situação inesperada, demorou-se mais com um dos pacientes, necessitado de cuidados especiais. O sol começara a desaparecer no dia que entardecia. Num momento de mau humor da natureza, nuvens ameaçadoras se formavam nos céus e, com a rapidez desses fenômenos, desabou a tempestade tropical provocando nas águas do rio ondulações e quedas de barrancos e um vento solto açoitando como um látego as cumeeiras das árvores. Situação que perdurou por algum tempo, retendo Carlos e os outros colegas do Projeto Rondon no tapiri em que estavam.

Passada a tempestade, a noite apresentou-se aos olhos deles: a lua faceira e altaneira espalhando seu brilho prateado, compartilhando com as estrelas a magia daquela noite amazônica.

No local em que estavam, um braço do rio principal, não era comum a navegação, principalmente à noite, por isso foram convidados, pelo dono do tapiri, para dormirem aquela noite com a sua família e, no dia seguinte, retornarem às suas bases.

Carlos agradeceu a gentileza e argumentou que estavam acompanhados de Xandú, experiente habitante da região que os levaria sem maiores problemas aos seus destinos.

Feitas as despedidas e agradecimentos, todos se acomodaram nas "voadeiras", canoas maiores com motores à popa, e seguiram pelo braço largo do rio até a confluência com o Rio Solimões, onde as árvores ficavam minúsculas na visão de um lado para o outro, correndo forte e caudaloso.

Aqui e acolá piados de pássaros noturnos, gritos de bugios, esgares de animais na espreita de uma presa, o intermitente barulho do motor das voadeiras margeando o rio, singrando aquelas águas, o alarido da conversa animada entre eles e uma brisa soprando para a margem oposta.

Ao longe, no meio do rio, divisaram uma lépida embarcação iluminada vinda em sentido contrário, emitindo um som monocórdio convidativo para o sono. Como por encanto, desapareceu e reapareceu rio abaixo, continuando sua rota. O vento havia mudado de direção e um odor desconfortável e nauseante pairou no ar.

Carlos, temeroso e intrigado perguntou a Xandú se o navio que fazia a linha daquele local estava previsto passar naquele dia e hora.

Xandú respondeu:

– Não, ele só passará na próxima semana.

O resto da viagem foi feito no mais absoluto silêncio.

Ajuricaba gostou do que contou o Comandante Still e fazendo blague afirmou:

– Vou dormir e esperar que amanhã o senhor tenha mais contos para o final da noite. Só espero que esse animal não atravesse o nosso caminho e o itinerário e venha complicar a nossa viagem, não é mesmo Comandante?

O Comandante Still sorriu e desejou uma boa noite para Ajuricaba, recebendo a recíproca do passageiro.

CAPÍTULO VI

TAPURUQUARA NO ALTO RIO NEGRO E A RAINHA DOS RIOS

Com o grupo de aventureiros do *tour*, Bartira seguiu na embarcação para Tapuruquara, outro núcleo populacional do Rio Negro, e dali partiriam para a cidade de Barcelos e finalmente Manaus. Chegando naquele núcleo foram acomodados numa hospedaria; e separadas as mulheres num espaçoso quarto e os homens em outro, com iguais dimensões, para pousar aquela noite. O jantar providenciado às pressas e servido naquele instante o único prato: um tambaqui assado na brasa, arroz simples, farinha e bandas de limões, banana da terra assada, rodelas de tomates, couves, recipientes com óleo de cozinha e sal em frascos para os que quisessem adicionar aos seus paladares. Para acompanhar a comida lá estavam os sucos de açaí, bacaba, guaraná e jenipapo e como sobremesa, frutas tropicais: pajurá, ingá de muitos sabores, melancia, sapotilha, marimari e vários tipos de bananas e laranjas. Um repasto que agradou a todos.

Nos fundos da hospedaria havia uma área aberta com mesas e cadeiras disponíveis para os interessados em descontrair ou simplesmente conversar. Poderiam também passear pelas alamedas cercadas de arbustos e mantidas, com toda reverência, árvores grandiosas da Terra. Bartira não teve dúvidas; foi caminhar naquela área. A noite estava convidativa; o céu translúcido e ponteado de estrelas, a lua crescente marcava a sua posição no infinito, refletindo os seus tons prateados que alcançavam o solo, afastando a escuridão da noite. A fauna noturna se anunciava: piados, coaxares, urros, latidos e um exército de insetos apareciam voando em várias direções para o alimento e suas temidas picadas e, decerto, servirem de comida para a cadeia produtiva ecológica. Era a natureza presente naquele recanto do alto Rio Negro.

Bartira já havia percorrido um trecho da área aberta quando foi alcançada por um casal que participava do *tour*, Roni e Sonia, e que estavam na companhia de outros excursionistas. Imediatamente se fizeram as apresentações e decidiram todos continuar a caminhada, enfatizando o casal que Bartira era antropóloga e estava interessada em saber o que contavam sobre lendas e o folclore da região e entre os apresentados havia naturais dali que poderiam passar algumas experiências pessoais para ela.

Antes, porém, Bartira mostrou-se muito receptiva com os novos conhecidos e pediu que um deles discorresse sobre o que sabia para que ela gravasse, ligando o gravador e pedindo licença para fazê-lo, para que todo o material servisse de estudos para as suas pesquisas e anotações profissionais. O consentimento de Ayoub foi dado e a gravação iniciada com fundo musical dos sons da Floresta.

Ayoub começou dizendo que contaria o aparecimento de uma linda mulher feito por um conhecido da sua família no trecho encachoeirado daquele rio e do discernimento de toda a população das redondezas e que poderiam repetir para ela o que falaria a seguir sobre o respeito que eles tinham pela Yara[10] que reinava em todos os rios da região.

---

[10]   MATA, J. N. **Amazônia:** Terra da Promissão. Manaus: Editora Gráfica Rex, 1979.

NO ENCONTRO DAS ÁGUAS

Yara

Ele deu pontapé inicial no seu relato:

O caboclo e o seu filho de 11 anos estavam relativamente próximos de um trecho encachoeirado no alto Rio Negro, voltando para casa após um dia de muita pescaria nos lagos, lagoas e paranás daquelas vizinhanças, aproveitando a piscosidade da cheia dos rios que vinham desovar naquelas águas serenas cercadas de igapós e muitas vitórias-régias formando um tapete verde na tona d'água, brindando com a sua flor diferenciada a retina dos privilegiados hinterlandinos e que propiciavam a abundância de comidas que caíam das árvores frutíferas e as transportadas pelos pássaros aos seus ninhos no descuido e de uma ou outra escapulida dos bicos fazendo a festa da ecologia na cadeia dos peixes dessas águas.

Para Creveraldo e o seu filho Ledson foi um dia proveitoso e a canoa estava com várias espécies de peixes vindos em cardumes: pacus, matrinxãs, tucunarés, jaraquis, tambaquis, curimatãs, branquinhas, presas fáceis da pequena rede de arrasto artesanal, um arpão e uma zagaia que usavam para capturar os peixes e trazê-los para dentro da canoa. Viram também, mantida certa distância, os arredios pirarucus e aruanãs de maiores portes, estes últimos saltando para alcançar os frutos nas árvores de galhos mais baixos nos igapós. De vez em quando molhavam os peixes com cuias d'água para mantê-los vivos acumulando certa quantidade no fundo da canoa, proporcionando uma sobrevida pela respiração das guelras que se abriam e fechavam tentando absorver o máximo do oxigênio da água armazenada na canoa.

Deram por terminada as suas missões naquele dia e tomaram a direção da saída do lago para o rio. A noitinha aos poucos chegava e os primeiros reflexos de uma comportada lua nova bruxuleavam na superfície e nas águas cada vez mais rápidas da correnteza, naquele trecho que eles tão bem conheciam e tocaiava muitos neófitos na região. As seguidas formações pedregosas que traiçoeiramente não afloravam à tona pela quantidade da água do rio, mas que formavam rebojos e redemoinhos em círculos perigosos que desgovernavam qualquer embarcação provocando muitos naufrágios.

A temperatura agradável e a companhia de pássaros cruzando os céus para os ninhos alvoroçados, os primeiros insetos noturnos, entre eles hordas de pirilampos iluminando as veredas da noite, percorrendo a via das águas, e a distante onomatopeia dos animais convocando seus clãs ou começando suas vidas no dia... Era a natureza se mostrando viva na sua completa exuberância.

No meio de todos esses sons eles escutaram um canto melodioso e feminino em tom pianíssimo vindo precisamente daquele trecho encachoeirado. Quanto mais se acercavam, a curiosidade e a altura do canto aumentavam, permanecendo a pressa em identificar quem cantava naquele lugar onde não havia ninguém.

Aos poucos foram se aproximando e num repente veio o espanto: numa pedra aparente e que vez por outra ficava coberta pelas corredeiras do curso do rio, um vulto surgia revelando ser uma mulher da cor dos tons da lua, olhos e boca expressivos e um ligeiro sorriso nos lábios, cantarolando músicas sem letras lembrando as ninfas ondinistas, molhando e enfiando os dedos entre os fartos cabelos claros. O corpo desnudo e belo mostrava os seios rijos, braços torneados e cintura esguia marcando a divisão da outra parte do corpo para baixo em forma da cauda de um peixe escamado. Quanto mais ela cantava, mais atraía os inebriados viajantes dos rios para o traiçoeiro choque com as pedras e fatal com a morte enredados nas armadilhas das pedras afiadas e limosas e as incessantes investidas das águas naquele misterioso trecho e dos ameaçadores redemoinhos, impossíveis de serem vencidos.

Despertados pela vontade de viver os dois reuniram todas as forças que possuíam e remaram vigorosamente para fora das correntezas desviando-se daquele local perigoso e do canto enganoso dessa linda mulher feiticeira, volvendo à Circe, da Odisseia de Homero, só que a primeira era metade gente e metade peixe.

Conseguiram sair daquela rota e, ainda de soslaio, voltaram o olhar para o lugar onde quase foram atraídos e ver desaparecer entre espumas e eflúvios de uma névoa transparente o corpo feminino que mergulhou nas águas do rio, deixando um halo de encanto e de fatalidade. Exaustos e num gesto de recuperação fizeram um pacto com Deus de que nunca mais sairiam do caminho como fizeram e retornaram o mais rápido possível para casa.

Assim que chegaram a suas moradias, ainda reféns do susto vivenciado esperaram a fala se normalizar e depois contaram aos seus familiares e amigos a desventura que sofreram, alertando todos para que não passassem naquele lugar e tivessem um encontro com aquela enigmática aparição.

O avô de Creveraldo e mais velho de todos nos seus 82 anos com a calma e a paciência dos antigos esclareceu para ele e seu bisneto Ledson que os dois tiveram um encontro indesejado com uma das maiores entidades, a Yara, que protegia todas as águas dos rios contra a predação do homem e o envenenamento delas, assemelhando-se às ninfas ondinistas dos antigos povos germânicos e escandinavos. E que eles tiveram muita sorte de não experimentar o mau humor da entidade e habitante dos estuários, bacias lagos e lagoas dos rios brasileiros. Portanto, foi o jeito da Yara avisar sobre a ameaça do homem atacando diariamente as florestas, as suas águas e todos os habitantes e bichos que nela viviam.

Ayoub deu por encerrada a sua estória e voltando-se para Bartira perguntou se ela havia apreciado o que ele acabara de narrar, recebendo efusivamente o sinal positivo e o alerta de Roni e Sonia de que amanhã continuariam a viagem e o melhor seria voltar para a hospedaria e descansar se renovando para as próximas aventuras no Rio Negro.

CAPÍTULO VII

EM MANACAPURU, A LENDA DO BOTO TUCUXI

Bem cedo no outro dia, Ajuricaba já estava envolvido com o seu desjejum recheado de frutas tropicais: graviola, goiaba, sorva, tucumã, bananas, uichi, umari, abio, araçá, bacuri, beribá e beiju de tapioca com sucos de açaí, taperebá e laranjas, esperando o próximo porto de escala e que seria o da cidade de Manacapuru.

A tarde, muito ensolarada e úmida, parecia vaticinar o clima descontraído entre todos os tripulantes e passageiros do navio Alegria, que vencia as águas do Rio Solimões mostrando de um lado e do outro que as margens distantes da terra firme emitiam sons dos habitantes da mata de maneira descontínua, deixando apenas para o barulho do motor e a hélice cortando a lâmina d'água e o rebojo que formava na superfície a quebra daquela sincronia selvagem, ora pelo deslocamento do navio, ora pelas próprias águas do rio imenso, alisado pelos ventos, encapelando e transformando em contínuas ondas imitando o trotear de cavalos em pradarias campesinas.

Voos de pássaros no espaço livre dos céus e saltos de piraíbas emergindo das águas e mostrando os seus apreciáveis tamanhos e peixes em cardumes saltavam em movimentos coordenados, as piracemas, guardando certa distância do navio, sacudiam a madorna do viajante atento e desejoso de ver a fauna exótica da região cantada em todo o mundo.

Ajuricaba fazia fotos das paisagens e desses acontecimentos no rio, só focalizando a sua atenção para os que de fato despertavam o merecido interesse. Daí a instantes viu nas proximidades da embarcação um casal de botos saudados por todos os passageiros, sendo que os filhos da terra os chamavam de botos tucuxis[11] – depois soube que para diferenciá-los dos botos cor-de-rosa mais episódicos e bem-aceitos por eles. Todos eram aparentados dos golfinhos e cetáceos como eles exibiam nas águas graciosas evoluções acompanhando o navio Alegria. Ajuricaba começou a disparar a sua máquina fotográfica, encantado com a *performance* dos botos. Tempos depois eles mergulham nas águas cor de barro do Rio Solimões desaparecendo, assim como apareceram de repente momentos antes.

Um jovem e sua namorada se aproximaram de Ajuricaba e se apresentaram como Arcelio e Liloan na intenção de iniciar uma conversa amistosa com ele e prontamente recebida de bom grado.

Arcelio perguntou a Ajuricaba se ele conhecia a lenda do Boto Tucuxi, muito difundida na Bacia Amazônica e que já havia ultrapassado as fronteiras do país. Emendando na pergunta, Liloan esclareceu que a lenda já fazia parte do folclore da região e parte da população ribeirinha mais velha cultivava a veracidade ao que eles se referiam.

Surpreendido pela simpatia e decisão do jovem casal, Ajuricaba, que acabara de se extasiar com o par de botos nas águas do Rio Solimões, afirmou que já ouvira falar da tal lenda e, se eles tinham o propósito de narrá-la, ele ouviria com o maior prazer.

Arcelio então começou a sua narrativa:

Nos mais diferentes pontos da Região Amazônica e principalmente nas ribeirinhas o trabalho era contínuo para o sustento da família e a vida que seguia. Os caboclos contavam com as suas canoas para os deslocamentos, caça, pesca, trabalho e também para o lazer.

---

[11] MATA, J. N. **Amazônia:** Terra da Promissão. Manaus: Editora Gráfica Rex, 1979.

Segundo Maia (1958), aquelas famílias isoladas nos beiradões[12] dos rios mal tinham contato com os habitantes das cidades e sedes dos municípios e, quando isso se dava, vinha pela justificativa do atendimento médico, pois os chás e unguentos da selva não foram eficazes para debelar a doença que se instalara.

Havia uma esporádica ida para a sede do município em eventos especiais e geralmente religiosos na guarda do santo padroeiro da Diocese, transformando-se num acontecimento para nunca mais ser esquecido. Nos dois casos seriam suficientes horas e horas com toda a família remando nas canoas, sempre confiantes e esperançosos de que não houvesse uma virada no tempo e a chuva impiedosa e amazônica – pingos fortes e incessantes, com trovões estrepitosos e raios ameaçadores durante algum tempo –, acontecendo depois a calmaria da bonança. O outro civilizado presente na vida deles era o regatão, descendo e subindo os rios da região, vendendo e trocando mercadorias, tornando-se muito conhecido daquelas famílias brasileiras.

Apesar do isolamento, os caboclos se comunicavam entre si, realizando visitas eventuais para a troca de presentes da colheita e coletas de frutas, momentos em que faziam convites para o aumento do compadrio, escolhendo-os para batizar um dos filhos ou anunciar o casamento de membros da família.

Nesses dias promoviam festas, onde comidas e bebidas e farândolas eram os principais atrativos e grande quantidade de convidados avisados pela divulgação de um caboclo para o outro se encontrando no dia combinado para os festejos.

Depois das confraternizações daquelas pessoas que pouco se viam, a mesa era posta para o regalo das iguarias regionais, aguardentes, cachaças e sucos para os abstêmios. Em seguida o convite natural para a descontração do corpo com os primeiros acordes da música heroicamente tocada num violão ou cavaquinho; um clarinete que bramia no sopro desajeitado das notas dissonantes; uma sanfona que brigava com os seus baixos e uma percussão

---

[12] MAIA, A. **Banco de Canoa**. Manaus: Editora: Sérgio Cardoso, 1958.

que dava o ritmo para o gênero musical executado. Não tinha importância; valia a intenção. Todos ali eram cúmplices da vida ribeirinha e das matas.

Naquela noite, os sons e ruídos da floresta se quedaram ante as notas e claves de sol que ecoavam longe desses instrumentos musicais que faziam a alegria daqueles brasileiros e caboclos amazônicos.

A casa da festa, na beira do rio, construída de maneira conveniente na frente de uma pequena clareira aberta nas suas margens, possibilitava que os convidados que iam chegando, naturalmente, colocassem suas canoas lado a lado, apoiando e fazendo subir a proa delas na terra firme, ficando o resto da canoa até a quilha sobre as águas do rio. O número delas era bastante grande, sinal de que a movimentação também era intensa.

Com o crepúsculo anunciando a noite, leves tons prateados no firmamento prometiam uma noite de lua cheia, já despontando por entre as matas e emergindo flutuante nos céus seguida do séquito de estrelas brilhantes, transformando em cromos e telas naturais o imponderável infinito.

Um pouco mais tarde, quando a festa começa a fazer os seus efeitos etílicos nos homens e em alguns convidados, chega à casa e imediatamente passa para a sala de danças um desconhecido rapaz impecavelmente vestido: gravata, calça e paletó brancos de linho HJ, sapatos de verniz pretos e um chapéu de chile e ligeiramente caído sobre a testa escondendo parte dos cabelos emplastados de brilhantina. Logo ganhou as simpatias das moças da festa pela figura descontraída e óbvia de penetra. Tinha boas maneiras e escolhia uma das moças presentes para a dança e mostrava as suas habilidades nos volteios e passos cadenciados, aproveitando para exibir a sua boa conversa que tornava a presa fácil para as suas conquistas e intentos. Cumprimentava a todos e nos rapazes logo fazia transparecer uma enorme ciumeira com o alvoroço e o desejo das moças de dançar e serem galanteadas por ele. Mescio, como ele dizia se chamar, tinha a altura maior que os jovens dali; magro e esguio facilitava a roupa no caimento homogêneo da sua silhueta.

Com todos esses predicados facilmente ele despertava paixões e o convite natural para conhecer os mistérios dos rios com ele eram favas contadas. Antes analisava perfunctoriamente o ambiente e senhor do controle total da situação sobre as escolhidas apenas realizava os seus desejos e atos. As que tinham a sorte, no meio da "cantada" do desconhecido eram despertadas por uma das pessoas presentes na festa, alertando-as para a hora da volta para casa ou a dúvida sobre aquele "bicão", livrando-as de uma gravidez inesperada e pai desconhecido. E era exatamente isso que o suposto homem fazia ao conquistar as moças levadas pela sua lábia: engravidava-as e os rebentos seriam eternamente filhos do boto.

Numa dessas investidas daquele homem forasteiro, vários convidados desconfiados resolveram investigar quem seria ele e de onde vinha. Um grupo de caboclos deixou que ele fizesse as suas cantadas e a distância seguiram os seus passos. No instante final em que ele tentava seduzir e em seguida fazer sexo com uma das jovens inebriadas, os caboclos armados de terçados e madeiras contundentes surpreenderam o desconhecido pego no contrapé, mas, desenvolto, ele correu para as águas e desapareceu nas profundezas do rio caudaloso e seu aprisco, deixando no ar o perfume ativo que usava e as roupas vestidas revelando para os caboclos incrédulos a sua forma animal de um boto, a que eles adicionaram a palavra indígena tucuxi.

Ficou a crendice nos povos ribeirinhos de que no aparecimento de jovens grávidas e que não tivessem namorados e parceiros o autor desconhecido certamente seria o rapaz garboso e cheio de charme que aparecia nas festas de suas famílias e era nada mais nada menos que o Boto Tucuxi presente na região com disfarce de homem.

Boto Tucuxi

Ajuricaba agradeceu ao jovem casal, Arcelio e Liloan a companhia e o conto feito sobre o Boto Tucuxi deixando transparecer um sorriso de generosidade elogiando a criatividade dos habitantes dos rios metamorfoseando a imagem graciosa do golfinho dos rios no vilão sedutor das noites de festas do *hinterland* amazônico.

CAPÍTULO VIII

OS PIONEIROS MODERNOS NA INTEGRAÇÃO DA AMAZÔNIA E A ANTIGA MARIUÁ

Na cidade de Tapuruquara, o guia do grupo de Bartira avisa que eles vão efetuar um transbordo para uma embarcação maior e ficariam livres das paradas longas no transcorrer da viagem e comeriam e dormiriam na nova embarcação. Todos aprovaram a ideia e se dirigiram para o ancoradouro da cidade para conhecer a nova moradia flutuante por poucos dias. O Purus não apresentava grandes diferenças dos demais navios amazônicos, todo em madeira confeccionado artesanalmente por marceneiros e profissionais que tinham grande experiência no ramo; e o seu nome provavelmente era alusão ao rio importante da Bacia Amazônica.

Foram distribuídas redes para os que quisessem sentir a brisa noturna no rio e não se importassem com as incômodas presenças dos insetos. Teriam a necessidade de improvisar mosquiteiros protetores e alguns camarotes, preferencialmente para as mulheres, se destinando o maior número possível nos beliches e camas disponíveis. Apesar dessas dificuldades ninguém se importou: o mais importante era dar sequência ao turismo de aventuras.

O comandante do Purus, senhor Ângelo Macenas, fez questão de dar as boas-vindas para todos e externar o seu contentamento em conduzi-los até a primeira sede da Província do Amazonas, a cidade de Barcelos – localizada no médio Rio Negro e hoje um município que luta para recuperar o fulgor da sua antiga importância – e em seguida a Manaus, que seria o destino final do *tour*. Muito solícito e já passando dos 60 anos, mas com grande conhecimento dos meandros dos rios amazônicos e seus ciclos de cheias e vazantes, que confundem quem não está habilitado para navegá-los nas diferentes horas do dia e, em especial, à noite, quando os perigos camuflados se multiplicam.

Na primeira conversa informal que teve com alguns dos passageiros, entre eles Bartira, fez algumas observações sobre o Rio Negro e pediu que todos ficassem atentos para a fauna diversa das suas águas e a alada sofrendo alterações nos meses de dezembro a março quando na América do Norte e principalmente nos Estados Unidos e Canadá a estação era o inverno e o clima rigoroso do frio e a neve obrigavam várias espécies de pássaros a migrarem para o sul do continente americano na busca de calor e alimentos encontrados sem parcimônia na Região Amazônica. Havia também outros ingredientes para a migração das aves: matas densas, rios, lagos e lagoas inigualáveis, passando e tornando-se parceiros da fauna nativa da região, acrescentando a beleza da natureza e festejando sobremaneira a vida.

Não havia dúvidas que o comandante Ângelo era um entusiasta da Amazônia e como prova disso discorreu sobre gestos pioneiros que ajudaram a integrar o país àquele jângal verde. Ele então faz a sua explanação:

– Por ser uma região cortada por rios imensos e caudalosos, só na década de 1950 para cá as estradas de rodagem começaram a rasgar a selva e assim mesmo em pontos específicos dificultados pela geografia da região. E como tal, valia a pena rememorar a importância do Correio Aéreo Nacional percorrendo os céus amazônicos nos hidroaviões Catalina e que faziam pouso nas águas dos rios, levando ajuda aos lugares mais insalubres; medicamentos e atendimentos médicos e transporte de pacientes e de correspondências nesses rincões da Amazônia, mapeando pelo ar, através dos levantamentos aerofotogramétricos, os contornos e silhuetas da maior selva tropical do mundo. Nessa menção que ele fazia, embutia a homenagem àquele órgão tão importante para esses brasileiros nascidos e habitantes daquele imenso solo pátrio.

Continuava o comandante Ângelo:

– Não foi à toa que o tronco mais nacional das três etnias e que amalgamaram o perfil do homem brasileiro, os índios, juntamente com os brancos e os negros, foram contatados e seduzidos a se integrar ao dito mundo civilizado pelos primeiros colonizadores, os portugueses e, mais recentemente, os sertanistas e estudiosos no assunto. Isso só foi possível graças à presença das Forças Armadas, principalmente o Exército Brasileiro, fincando pelotões avançados nas linhas fronteiriças e o nome insigne do marechal Cândido Mariano Rondon, ardoroso defensor da completa integração do silvícola brasileiro respeitando os seus costumes, língua e crendices cunhando a frase: "Morrer, se preciso for; matar, nunca"; além de haver contribuído decisivamente para a demarcação da fronteira brasileira com o Peru, Bolívia, Colômbia destacado para dirigir a missão que levava o seu nome, Rondon, que entre outras atribuições teve o compromisso de construir linhas telegráficas naquele setentrião brasileiro, estabelecendo os meios de comunicação para parte significativa daquele território, facilitando as operações pelos aparelhos de código Morse na instantaneidade das transmissões e recepções de suas mensagens, permitindo à Repartição Geral dos Telégrafos instalar postos nesses recônditos da Pátria. Diferente das outras regiões do país, passíveis de serem exploradas e conhecidas pela continuidade das suas terras, sem que os rios surgissem como obstáculos para a respectiva transposição.

Bartira e os demais passageiros concordaram com a fala do comandante Ângelo e se solidarizaram, enxergando nas suas palavras argumentos fortes e seguros. Ficaram cada vez mais desejosos de vislumbrar Manaus e os seus famosos pontos turísticos.

O comandante Macenas asseverou:

– Estamos navegando para a cidade de Barcelos que é a nossa próxima parada. Espero que todos curtam a viagem.

Quando o navio Purus fez a sua atracação no porto da cidade de Barcelos, o comandante Macenas voltou à presença dos passageiros e novamente esclareceu um fato histórico, ressaltando que aquela cidade havia sido a primeira sede da Província, e que por motivos de segurança militar, devido a sua localização, esse título foi conferido à cidade de Manaus. Barcelos, antiga Mariuá, ainda mostrava ruínas de construções da época em que ostentava esse apogeu. No mais em nada se diferenciava das outras cidades hinterlandinas; ao contrário, pelo seu antigo *status*, dava mostras de estagnação.

Macenas ainda se referiu à fauna dos rios, lagos lagoas e paranás das cercanias dando ênfase aos quelônios regionais, tartarugas, tracajás e iaçás, que desovavam nas praias formadas nas margens desses pontos geográficos, sendo os seus ovos servidos como iguaria pelos caboclos chamando-a de arabu e a carne cozida ou assada no próprio casco com variados temperos, condimentos regionais e óleos.

Também o peixe-boi dos rios, menores que os seus parentes do mar, compõem a dieta alimentar dos hinterlandinos com destaque para a mixira muito apreciada por todos que dela provam. Pela sua docilidade o peixe-boi foi quase dizimado nas primeiras décadas do século XX como bem mostram as fotos divulgadas mundo afora de centenas deles mortos nas praias amazônicas.

Como a caça dessas duas espécies nos rios da região amazônica se acelerou, a preocupação e a extinção era questão de tempo. Todavia, nos dias de hoje, a preservação está mais presente e a consciência ecológica mais forte e a situação do peixe-boi e dos quelônios amazônicos é ainda de cautela, continuando a figurar na lista dos animais em perigo de extinção, vítimas não de predadores, e sim do próprio bicho homem.

CAPÍTULO IX

REVERBERAÇÕES DO COMANDANTE STILL

Enquanto isso, Ajuricaba continuava a nauta aventura no Rio Solimões com o fito de o navio Alegria cumprir a sua última etapa prevista: o porto de Manaus.

Nas conversas que mantinha com o comandante Still ele provocava sempre assuntos que versassem sobre a região navegada. Desde os primeiros civilizados conquistadores, os espanhóis Vicente Yáñez Pinzón e Francisco Orellana, o português Pedro Teixeira, até as hodiernas Organizações Não Governamentais que já passavam de mil por aquelas bandas, instaladas e financiadas por grupos internacionais e seus diferentes e desconhecidos propósitos, entre os quais a possibilidade da prática de pirataria da imensa biodiversidade da Selva Selvaggia.

Discorria o comandante Still:

– Os índios como outro elemento humano componente dali foram ao longo dos anos levados a acreditar que a demarcação de suas terras como área de preservação manteria as suas identidades étnicas e a perpetuidade da sua gente. Pelas atividades extrativas da mineração e madeireira, da pecuária e da agricultura de arroz e soja principalmente, tiveram as terras invadidas sem que os órgãos públicos destinados para efetuar a fiscalização da lei vigente se mostrassem capazes de fazê-la. Daí algumas tribos indígenas adotarem conduta niilista com tais órgãos públicos, configurando-se ainda situações de preocupação para as autoridades encarregadas da guarda das linhas demarcatórias da fronteira, em face de determinada reserva indígena se localizar nesses marcos limítrofes, podendo haver o livre trânsito de produtos contrabandeados e não nacionais envolvidos com movimentos revolucionários colocando em risco a soberania brasileira.

Ele, Still, aludiu ao tempo do primeiro ciclo de exploração da *Hevea brasilienses* no final do século XIX e início do século XX e depois numa segunda fase nos anos 30, 40 do mesmo século, incentivadas pelo conflito da II Guerra Mundial, necessitada de látex para o uso na indústria bélica e demais interesses que envolviam a manipulação e aplicação da borracha.

No decorrer do ano de 1901, quando o governo boliviano negociou com o *Syndicate of Bolivian de New York*, o arrendamento do Acre onde existiam brasileiros trabalhando nos seringais daquelas terras, consideradas território em litígio com o Brasil. Movidos pelo abandono das autoridades brasileiras aos seus seguidos reclamos, nacionais seringueiros e alguns seringalistas liderados pelo gaúcho Plácido de Castro[13] se rebelaram com a decisão unilateral boliviana e encetaram uma campanha de confronto com as forças militares do país vizinho empunhando terçados, facas e toda arma de fogo disponível, chegando até as proximidades de La Paz, quando foram exortados imediatamente a depor as armas em 1903 para o início de conversas diplomáticas entre o Brasil e a Bolívia; esta impôs condições favoráveis para os seus interesses, malgrado os seus exércitos batidos nos confrontos de força com os insurgentes brasileiros insatisfeitos e magoados com o pouco-caso que o governo demonstrou na questão. Nomeado ministro com plenos poderes para resolver a Questão do Acre, Rui Barbosa[14] pede exoneração

---

[13] SOUZA, M. **A Expressão Amazonense**. 2. ed. Manaus: Editora Valer, 2003.
[14] FUNDAÇÃO CASA DE RUI BARBOSA. **Rui Barbosa 150 anos** – Projeto Memória. Rio de Janeiro: Edição da Fundação Casa Rui Barbosa – Folder Comemorativo de 150 anos de Rui Barbosa, 1999.

três meses depois de assumir o cargo, por não concordar com a solução apresentada pelo governo – depois esposada pelo Barão do Rio Branco que cedia às pressões da Bolívia e do *Syndicate of Bolivian*, pela qual o Brasil pagou uma indenização polpuda em libras esterlinas e se obrigou a construir a Estrada de Ferro Madeira-Mamoré para o escoamento da produção do caucho boliviano. Rui Barbosa não admitia a compra de um território fronteiriço e que poderia ser acordada em outro nível, diferente de uma compra onerosa e obrigação de fazer, capituladas no Tratado de Petrópolis celebrados pelos dois governos do Brasil e da Bolívia.

Como disciplinados componentes do concerto das nações na época à potência mundial, o Império Britânico, não fazia sentido um contencioso com o governo de Sua Majestade, mas preservar os bons ofícios do Governo de Sua Majestade e sua imensa *Commonwealth*.

Perdemos a produção da borracha para as *"plantations"* na Malásia e mendigamos, órfãos da ótica internacional, e, o mais incrível, a indiferença nacional representada pelas políticas públicas ao longo de muitos governos; só anos mais tarde para que não houvesse um colapso total no segmento da exploração, comercialização e distribuição de créditos, foi criado o Banco de Crédito da Amazônia, denominado popularmente de Banco da Borracha para implementar tais políticas.

E prosseguiu o comandante Still:

– Passados tantos anos, testemunhamos situações em que a plutocracia dos países mais desenvolvidos, geridas pelos interesses do grande capital que elas representam, joga por terra direitos dos povos e nações, vítimas de contendas internacionais praticando o solipsismo disfarçadamente. Um exemplo disso é o caso das vitórias conquistadas pelo Estado de Israel na guerra contra os árabes no Oriente Médio, internalizando-se e permanecendo nos territórios dos vencidos e, logicamente, aumentando os seus, sem que fosse instado a indenizar os derrotados e proporcionar alguma benfeitoria material aos governos batidos pelas armas no campo de batalha, diferente do Plano Marshall – de autoria do então Secretário de Estado americano nos anos de 1947 George Catlett Marshall – que destinou milhões de dólares para as economias de países da Europa e, principalmente, da Alemanha, Itália e do asiático Japão, arrasados na II Guerra Mundial, o que proporcionou o soerguimento dessas nações e, ainda, respeitados os seus territórios de origem. A Alemanha, pivô da guerra, ficou com as suas fronteiras integralizadas com a queda do Muro de Berlim e o desmantelamento da URSS, reunificando o lado Oriental com a capital Berlim e o Ocidental com a capital em Bonn, ressurgindo a atual Alemanha com sede de sua capital em Berlim.

Ficaria citando casos internacionais do domínio público – disse o comandante Still –, quer dos governos totalitários quer dos chamados democráticos aparecendo a fragilidade do órgão internacional, a ONU, criado para dirimir esses contenciosos na dificuldade de fazer cumprir as suas deliberações quando países terceiro mundista ousam se contrapor às decisões das chamadas grandes potências mundiais e buscam o seu foro para a apreciação da sua internacional assembleia.

A guerra do Vietnam dizimando uma parte considerável do povo civil, servindo como experimentos para armas químicas e convencionais, sem que o país fosse ressarcido financeiramente das suas perdas, mantendo a soberania do seu território com os braços e a resistência dos seus nacionais. A implosão da Iugoslávia, mantida as suas etnias por uma obra de engenharia política do ditador e marechal Josip Broz Tito no pós-guerra de Hitler, ensejando a recente carnificina na Sérvia e Bósnia com prejuízos marcantes para os povos que ali vivem. A manutenção do País Basco como território espanhol, um enclave com língua, moeda e costumes próprios, berço do temido ETA que luta pela sua independência usando métodos terroristas. A aparente paz da Irlanda do Norte, Eire, católica e integrante da Grã-Bretanha e que costurou um acordo político para cessar as atividades de outro grupo terrorista, IRA, o braço armado e representado no parlamento irlandês por um partido político regular, o *Sinn Féin*, numa trégua que aposta no esquecimento das sequelas e feridas tratadas com sinapismos diários para sua cicatrização. A harmonia que os canadenses de língua francesa demonstram em relação aos seus compatriotas de língua inglesa, diz bem o mascarado convívio quando ativistas propagam o slogan "Quebec Livre", numa insistente determinação do governo central em manter unidas as duas partes do país em que os de língua francesa não escondem o desejo de separação. O contencioso da Caxemira entre a Índia e o Paquistão e o ouvido mouco que faz a China na questão do Tibete que também pede separação; os arreganhos da Chechênia com a atual Rússia. Os ataques ao conhecido Charlie ABDO e após dez meses aos *points* noturnos da cidade-luz: o *Bataclan*, *Le Carrilon*, o *Petit Nostra* e a parte externa do *Stade de France* deixando 130 mortos e feridos, autoria de grupos radicais terroristas sem rosto e a socapa de princípios minoritários e dissonantes da verdadeira e pacífica fé islâmica. A grande leva de emigrantes do continente africano para a Europa e América do Norte de várias etnias mendigando um abrigo de sobrevivência nessas nações robustas. Será que os exemplos aprendidos na Segunda Guerra Mundial, do horror, da carnificina é mais uma lição esquecida da intolerância com a dignidade, a justiça e os laços fundamentais que devem preponderar na espécie humana? E finalmente o maior desastre ecológico brasileiro de responsabilidade da empresa mineradora Samarco na cidade mineira de Mariana, quando um de seus reservatórios de resíduos minerais e químicos rompeu-se, ferindo de morte seres humanos, o Rio Doce até a sua foz no Oceano Atlântico, atingindo os animais marinhos e alados, principalmente as tartarugas marinhas que desovam nas praias, mais um crime ecológico perpetrado contra o meio ambiente. A invasão do Iraque com argumentos que ruíram ante a falta de provas materiais e nunca apresentadas. A propósito – emendou Still – empresas brasileiras estiveram trabalhando no Iraque fazendo obras de infraestrutura na época em que o ditador Saddam Hussein mandava por lá. Com a explosão da guerra naquele país, todos os equipamentos, máquinas e veículos usados e de propriedade dessas empresas na construção de estradas e pontes foram abandonados e expulsas pela artilharia pesada das armas poderosas empregadas no conflito. Essas empresas invocando perdas involuntárias e vultosas acionaram o governo brasileiro, conforme farto noticiário na televisão, jornais, revistas e demais meios de comunicação, para que houvesse o ressarcimento de tais perdas, o que pode acabar acontecendo, através do BNDES, sobrando para nós contribuintes brasileiros o ônus dessa salgada conta, apesar da existência de contrato assinado com aquele governo deposto e de toda iniciativa empresarial embutir risco próprio em qualquer negócio. Enfim, conflitos espalhados pelo mundo com a complacência de potências mundiais voltadas para as riquezas naturais desses países e nas diferentes latitudes do planeta, envolvendo os grandes interesses econômicos das suas gigantescas *holdings* e respectivas subsidiárias sediadas nos cinco continentes. Nunca esquecendo os fatos recentes acontecidos na poderosa economia americana, que teve início na sanha de lucros do setor imobiliário concedendo créditos sem exame prévio da capacidade de pagamento da dívida contraída por mutuários inadimplentes que contaminaram a economia daquele país e se espalhou para as demais no mundo. Estas imediatamente reunidas tomaram medidas saneadoras para frear o mico americano e já propõem um novo acordo de *Bretton Woods* com controles mais fortes e seguros, oxigenando o sistema econômico e financeiro mundial. Tudo isso visando salvar o bolso da banca internacional em detrimento dos milhões de correntistas e investidores que acreditaram e depositaram todas as suas economias e esperanças nessas empresas arruinadas.

CAPÍTULO X

REFLEXÕES DE BARTIRA

O navio Purus continuava a sua navegação na direção de Manaus e os passageiros ansiosos para chegarem àquela cidade e cada um retomar as suas atividades. Não era diferente para Bartira, que já começava a arquitetar planos para os dias em que ficaria na cidade e se aprofundar nos seus estudos e pesquisas sobre a região amazônica: a convergência de toda a vida interiorana para a metrópole, já de algum tempo transformada numa Zona Franca Internacional de comércio e que funcionava de forma articulada para manter um polo industrial e de empresas representando suas matrizes internacionais e nacional, de olho nos incentivos e desonerações fiscais e tributárias ali oferecidos na montagem e produção de eletroeletrônicos e automotivos consumidos em larga escala no país.

Quem sabe um novo ciclo da borracha... Esses últimos 40 anos de Zona Franca permitiram o preenchimento de lacunas empresariais concentradas no sudeste e sul do Brasil, ensejando que grupos de empresas se voltassem para o uso da mão de obra treinada, especializada e barata como carro-chefe dos custos e empreendimentos dos seus interesses e encontrada hoje em grande quantidade. Por isso Bartira de quando em vez se ensimesmava buscando decifrar a proposta de desenvolvimento que a Zona Franca imaginou capitalizar para toda a Amazônia Ocidental, compreendida pelos estados do Acre, Rondônia, Roraima e Amazonas, parceiros no mercado de produtos e serviços.

O Brasil, pelo seu tamanho continental, comporta vários "Brasis" no seu território com característica de desenvolvimentos bem nítidos, fruto dos diferentes ciclos econômicos e de políticas de fixação do homem na terra, especialmente na área litorânea, ficando naquelas mais internas o povoamento e desenvolvimento retardados. Bartira pensava nisso e rendia a sua homenagem silenciosa aos pioneiros brasileiros que plantaram os iniciais núcleos de civilização; desde cooptar os índios, povos que já estavam aqui há séculos, convivendo harmoniosamente com a Selva Selvaggia.

Certamente as inconsistências econômicas do Brasil através dos tempos se devem à fase colonial caolha e exploração predatória, onde toda a extração dos minérios, ouro e, principalmente, pedras preciosas, uma vez transportada para além-mar e utilizada ao bel prazer da Coroa, nada retornava à Colônia necessitada de melhoramentos para infraestrutura das cidades e na produção e aperfeiçoamento de bens e serviços aqui praticados. Logo a seguir do Império, na República aconteceram tentativas de promover o desenvolvimento das regiões do país, mas não foram suficientes e a maioria malogrou. Dos tempos coloniais e seus ciclos da cana-de-açúcar, da mineração, das drogas do sertão; das Entradas e das Bandeiras, pouco efeito de bem-estar trouxe para o país continental e o seu habitante espalhado no seu solo, com a agravante de que certos dirigentes e governantes locais e do país foram omissos no exercício dos seus cargos. Fauna e flora e recursos naturais de causar inveja em muitas nações e um clima propício ao aproveitamento das fontes de energia solar, eólica, das marés, das correntes marinhas e dos rios; do biocombustível abundante na versão etanol da cana-de-açúcar e do biodiesel obtidos da mamona, girassol, dendê e demais vegetais oleaginosos. Como já virou um chavão entre os habitantes deste abençoado país: aqui é o verdadeiro paraíso, sem sobressaltos das catástrofes naturais; furacões, vulcões, abalos sísmicos de grande monta, tornados e candentes gritos que a Terra emite para o homem que não se preocupa com o futuro do planeta, e sim com os lucros financeiros e ganhos imediatos da sua geração, pouco se importando com a que virá. Ela se indagava a razão de o homem investir fortunas em dólares para manter a indústria bélica, enquanto quase um bilhão de seres humanos no mundo passava fome.

À tardinha começava a fenecer, os céus se enchiam de aves retornando aos seus ninhos, os raios de sol em feixes fugidios mergulhando por entre as matas do rio e a brisa soprando em lufadas temperadas provocavam em Bartira, apoiada no convés do Purus, uma languidez gostosa. Ela fechava os olhos e os abria procurando absorver o gozo que a natureza proporcionava. Bolinada por um sexto sentido, deteve-se na lâmina d'água que o deslocamento do Purus fazia acontecer, misturando o banzeiro do rio e as ondas formadas pela embarcação. Ela fixou o olhar com mais atenção naquelas águas negras e milhares de pequenos peixes que chegavam à tona e voltavam a mergulhar incessantemente, quase um ritual que cessou assim que o entardecer chegou. Esses peixinhos possuíam a cabeça alongada e de forma pontiaguda que facilitava – pensou ela – furar as águas do rio.

Tais pensamentos a intrigaram e, despertada pelo cumprimento do comandante Macenas, logo pediu socorro para suas dúvidas: o que era aquele peixinho que ela estava observando e tomou toda a sua atenção àquela hora. Macenas sorrindo respondeu:

– O seu nome é candiru e de fato ele é sempre visto no entardecer; como possuem a cabeça pontiaguda e comprida, facilmente se introduzem, no caso dos humanos, em qualquer orifício que se deparem ou espetando partes do corpo, provocando dolorosas experiências nas pessoas atingidas por eles. Portanto, o candiru é muito respeitado pelos caboclos e ribeirinhos conhecedores dos seus hábitos e ataques.

Bartira cumprimentou o comandante Macenas e a lição que acabara de ouvir sobre mais um habitante exótico daquele misterioso Rio Negro e de toda a Bacia Amazônica, e que ela acrescentaria aos seus estudos e pesquisas que estavam sendo muito enriquecedores.

A noite finalmente cobria com o seu manto aquele pulmão verde e reserva biológica da humanidade prometendo mais aventuras para o grupo que se propôs a fazer um tour diferenciado.

CAPÍTULO XI

O COMANDANTE STILL REVELA UMA LENDA DA SUA TERRA

O navio Alegria estava próximo do seu destino à cidade de Manaus e um contratempo de percurso aconteceu. As nuvens plúmbeas mudaram completamente a coloração dos céus, transformando uma radiosa manhã num prematuro entardecer. Os raios começaram a riscar o firmamento e nos momentos seguintes trovões ameaçadores ribombaram. O vento assobiava uma pauta musical sem fim, vergando galhos e desalinhando as cumeeiras das árvores e roçando à tona d'água elevava, ora em movimentos circulares como redemoinhos, ora em cascatas de ondas, os banzeiros, fazendo o navio Alegria subir e descer os degraus da escada d'água. Veio então a chuva, uma cortina de pingos grossos, fazendo um estardalhaço no choque com o madeirame que compunha os contornos do navio. O momento era de preces e conversas com o Criador. A possibilidade do encontro indesejado com touceiras e imensos troncos de árvores de bubuia descendo velozmente o rio, consequência dos desbarrancamentos das margens, sinalizava muito cuidado para não colidir com os obstáculos e afetar a segurança da embarcação. Chuva verdadeiramente amazônica.

Passada a tempestade tropical chegou à calmaria. O céu da cor do anil sem par e um arco-íris tocando de uma margem à outra na virtual visão dos passageiros misturava desejos incontidos, devaneios alados e reações de êxtase e contemplação de todos do navio e a voz grandiloquente da Selva Selvaggia retomava toda sua exuberância. O verde das matas parecia mais verde. Os pássaros voltavam à algaravia dos céus e os peixes aqui e acolá saltavam para demonstrar a bonança e se solidarizar com todo o ecossistema.

Ajuricaba se aproximou do comandante Still e puxou conversa com ele:

– Comandante, a natureza deu uma bela exibição para todos nós. Da apreensão que causou a tempestade tropical à normalidade dessa tela natural de sua grande obra, não é mesmo?

– Sim – disse Still –, por isso a navegação à noite nos rios amazônicos é cercada de todos os percalços, não só com as intempéries do tempo, mas também com o material orgânico que os rios carregam e os bancos de areia no seu leito que mudam ao sabor das fortes correntezas surpreendendo até os experientes homens do rio.

E Still prosseguiu sentindo o interesse de Ajuricaba:

– Tu sabes que por falta de oportunidade não disse que era natural da cidade de Cachoeira do Sul no Rio Grande do Sul e estou aqui na região amazônica desde os dez anos de idade, trazido por meus pais que fincaram raízes neste torrão brasileiro. Vem a calhar a borrasca recém-passada por nós para contar uma história do mais simbólico personagem do nosso folclore gaúcho: o negrinho do pastoreio, certo?

Surpreso, Ajuricaba respondeu:

– Certo, comandante. Estou ansioso para ouvir essa história. Se não me engano o Negrinho do Pastoreio denomina a mais alta comenda dada pelo governo gaúcho aos seus merecedores e agraciados, não é mesmo?

Negrinho do Pastoreio

– Exatamente, retrucou Still, daí ser muito oportuno contá-la:

Josino, moreno trigueiro, não perdia uma roda de mate, uma carne bem assada de ovelha, chalrear e uns tragos para saborear o encontro. Levava sua gaita e atacava a harmonia com melodias da querência.

Ouvia e gostava de contar histórias e a sua preferida era a do Negrinho do Pastoreio, que ele repetia resumindo:

Morador numa fazenda, órfão de pais e sem nome, o menino sofria na mão do patrão e estancieiro, muito ruim, que só o chamava de negrinho. Obrigava-o a fazer o pastoreio da tropilha nas madrugadas passando a ser conhecido como o Negrinho do Pastoreio.

Todo dia era castigado com o açoite pelo patrão e pelos malfeitos do filho. Por não contar com ninguém, clamava pela Virgem Maria, Nossa Senhora, sua madrinha nos momentos de dificuldades. Ela o atendia e ele acendia um coto de vela.

Num certo dia, após uma sequência de maus tratos do estancieiro, o negrinho foi muito açoitado e, em carne viva, levado pelo patrão ainda suspirando para a cova de um formigueiro e seu corpo coberto pelas formigas e seus ferrões.

No dia seguinte, o estancieiro foi ao local do suplício e encontrou a Virgem Maria pairando e subindo para os céus e o negrinho sem nenhum sinal das sevícias. Imediatamente caiu-lhe aos pés chorando, arrependido e pedindo clemência. O negrinho sorrindo montou um baio e partiu com a tropilha.

Naquele dia, viram o negrinho montado no baio e a tropilha, em vários lugares da campanha, trazendo objetos que haviam sido perdidos. Passaram a acender velas, sob ramos de árvores para a Virgem Maria, sempre que perdiam algo, invocando o nome do negrinho do pastoreio. Ele atendia ao pedido passando a aparecer sempre três vezes no ano, galopando pelos pampas rio-grandenses.

Quando Josino terminava seus parceiros, para testar os bons sentimentos dele, com uma ponta de ironia assestavam a pergunta.

– A la fresca, esse piá tá encantado por aí?

Josino fazia de conta que não ouvia, para numa próxima oportunidade se referir com exaltação ao seu personagem favorito; o Negrinho do Pastoreio.

Até já ficara conhecido como Josino do Pastoreio, que ele recebia de bom grado ao ser mencionado com a lenda dos pampas.

Bom de gineteada, Josino trabalhava numa fazenda com muitas guascas, tangendo o gado, as ovelhas, cavalos e cuidando da cerca que delimitava as terras dos patrões.

Voz de baixo exercitada no transporte das manadas de um pasto para o outro, preparando a invernada ou tosquiando as ovelhas até na escolha de pelegos para as montarias. Corpo forte e mão ágil, ninguém encilhava melhor os cavalos.

Nas noites de lua e estreladas não dispensava a fogueira, reunião obrigatória para o improviso da rima, os causos e a lembrança dos tempos da infância.

Dinarte, um bugre cutuba, conhecedor como poucos das pradarias gaúchas, pau para toda obra, estava sempre ao lado de Josino, atento aos relatos que ele fazia. A sós com Josino, confirmava a narrativa que ele acabara de fazer, invocando sempre os seus antepassados guerreiros, de habitante primeiro daquela imensidão sul-rio-grandense.

Não se separava de um cigarro de palha, que produzia com as mãos, no capricho de um artesão, ou quando já os tinha prontos numa guaiaca para o pito habitual e vagaroso.

Por isso Josino devotava tal amizade e atenção ao bugre que os outros chegavam a fazer troça do respeito que um tinha pelo outro.

Nos fandangos, Josino e Dinarte formavam uma dupla que sempre ganhava o coração das chinocas, entusiasmadas com a desenvoltura que eles demonstravam. A ciumada da peonada com o sucesso deles aumentava na proporção em que os dois abriam sorrisos de compadrio. Ficava por isso mesmo; todos sabiam da importância deles para o trabalho nas coxilhas.

Quando chegavam num albardão, a cavalhada descontraía aproveitando as sangas, arroios, lagoas e lagunas para deixar a boiada ou rebanho de ovelhas descansar na sombra dos butiazeiros e umbuzeiros para beber água, enquanto eles se revezavam no banho reparador das energias.

Na contínua tropeada, a proximidade da noite pedia uma viola, mate, um arroz carreteiro e mais prosa até o sono apertar.

Acordavam com o mugido dos bois, um ou outro resfolegar dos cavalos e o balido das ovelhas. Estava anunciada a nova jornada. O café da manhã e o mate, pedaços de pão, nacos de chouriço e queijo e para os que quisessem uma graspa para rebater o amanhecer frio.

Num desses dias, a chegada de muita nebulosidade, ventania soprando forte e assobiando, mudando completamente o tempo, trouxe nuvens carregadas anunciando muita chuva.

Josino falou para a gauchada:

– Vamos levar a tropilha para um lugar seguro, evitando a dispersão e procurar abrigo no socavão.

Todos concordaram e reuniram os animais próximos uns dos outros, sob os olhares vigilantes deles.

Veio então a borrasca forte e traiçoeira, levantando poeira, transformando o dia em noite, retorcendo troncos e partindo galhos de árvores. Relâmpagos e trovões e raios atingiam as rochas provocando medo em todos.

Os animais agitados tentavam se desvencilhar da piola que os prendiam às árvores. Isso feito, partiu a tropilha em disparada pelas coxilhas sem que ninguém pudesse fazer nada, até amainar a borrasca.

Passado um bom tempo, cessada a tormenta, os homens emudecidos pela adversidade buscaram forças para contar as perdas dos animais fugidos. Foram totais. A noite caía.

Ressabiados, entenderam que só o apoio entre eles era a única forma de superar aquela situação. Josino apanhou galhos para a fogueira, o mate e sobras de víveres no farnel, providencialmente antes do acontecido, retirado do lombo do seu tobiano, e tentando reanimar os companheiros iniciou uma conversação.

– Bueno, não será este trompaço que baixará o nosso moral!

Dinarte assentiu com a cabeça e respondeu:

– Concordo, vamos reunir forças e amanhã encontrar a tropilha.

Outro ainda desanimado desabafou:

– Será mui difícil encontrar a animalada e o patrão vai ficar buzina com a gente.

Mais um se pronunciou:

– Se ao menos viesse ajuda do Negrinho do Pastoreio, se é que ele anda por aí.

Papearam mais um pouco, comeram, tomaram mate e foram se acomodar com os seus pelegos. Tirar um bom sono.

À noite mudou magnificamente, resquícios da tardinha que foi deixando a desolação. O céu apresentava uma lua nova faceira, salpicado de estrelas e uma brisa agradável deixava no ar um leve cheiro da campanha. No mais, era a quietude compartilhada pelo ressonar dos homens e a natureza.

De repente, Dinarte acorda toda gauchada apontando para o tropel que se aproximava, guiados por um baio corisco, montado por um vulto, ginete guapo e único. Parou à distância segura para que os cavalos, as reses retornassem aos seus condutores.

Todos correram em direção da tropilha, incontidos pela alegria do reencontro.

Ainda tiveram tempo de ouvir o sorriso do ginete do baio e o aceno de despedidas.

Não se esqueceram de acender a vela sob ramos caídos e nunca mais caçoar de Josino.

Ajuricaba cumprimenta o comandante Still e agradece o novo conhecimento que passa a ter de um personagem muito carinhoso para os gaúchos e toda a região dos pampas uruguaios e argentinos, e o respeito de pertencer à galeria dos outros ícones das lendas e contos do Brasil.

Still se confraterniza com Ajuricaba, volta os seus olhos para a imensidão das águas e da floresta, faz o sinal da cruz e mareja os olhos na simbiose de saudades da querência e de respeito pela importância e beleza da biodiversidade amazônica. O navio Alegria singra as águas do maior rio do mundo.

CAPÍTULO XII

OS NAVIOS PURUS E ALEGRIA FINALMENTE APORTAM EM MANAUS

O comandante Macenas do navio Purus sabia que aportaria no *roadway* de Manaus no final da manhã, conforme a sua carta náutica; o navio Alegria, de acordo com as projeções do comandante Still, aportaria no entardecer daquele dia. Still já contava nos seus planos de navegação com o navio Alegria terminando a sua viagem por volta das 17 horas e o dia em Manaus muito claro. Ambos tiveram que refazer os seus planos, pegos de surpresa pelos contratempos de quem navega. A atracação dos seus navios, ao contrário do previsto, deu-se com as estrelas cintilando nos céus, emprestando a Manaus um brilho que tremeluzia na amplidão e grandiosidade da floresta.

Barcos pequenos marcavam presença fazendo ecoar músicas e ritmos diversos captados das rádios locais ou em execução de faixas de CDs dos aparelhos de som vendidos na Zona Franca da cidade.

Ajuricaba reuniu seus pertences na mala e se despediu de todos, especialmente do comandante Still. Atravessou a ponte flutuante do *roadway* – construído pelos ingleses no auge do ciclo da borracha e capaz de vencer as cheias e vazantes do Rio Negro, apoiado em boias que sobem e descem ao sabor das águas do rio, para logo atingir a saída do porto –, sinalizou para um táxi e se dirigiu ao hotel que serviria de pousada para os dias em que ficasse na cidade. Em conversa com o motorista, esclareceu que gostaria de ficar num hotel nas redondezas do centro da cidade e que facilitasse a sua locomoção. Imediatamente o taxista o transportou para o Hotel Waupés, localizado numa rua próxima e vizinha de uma praça, cujo trajeto não demorou mais que 10 minutos. Pagou a corrida e se encaminhou à recepção do hotel fazendo reserva para aquela noite e mais dois dias. Instalado num apartamento do décimo andar do hotel e, sentindo o imenso desejo de contemplar a cidade, foi até a janela e admirou-a; diferente das outras metrópoles, o seu crescimento era horizontal ocupando uma extensa área cujos edifícios pareciam obedecer à altura padrão de dez andares e ruas e avenidas bem traçadas. Como em todas da região equatorial, predominava o calor e nada que o ar-condicionado não resolvesse. A noite ostentava beleza, iluminada e cortejada pela Baía do Rio Negro, referência para os turistas que chegassem pelos ares e pelas águas.

Acionou a portaria do hotel e pediu algo para comer. Separou um pijama e foi tomar um banho rápido. Mal terminou, o seu pedido de alimento chegou e utilizou um refrigerante do frigobar. Escovou os dentes e contemplou mais uma vez a cidade; ficou, assim, alguns minutos em pé e, em seguida, foi dormir.

No outro dia no restaurante do hotel fez o desjejum e conversou com o gerente dali para se orientar sobre um passeio fluvial no Encontro das Águas, que era o principal motivo de sua vinda para Manaus. O gerente, sr. Euler, ouviu atentamente o que disse Ajuricaba e esclareceu que no decorrer do dia seria informado para fazer parte de um grupo que havia agendado um *tour* até o local desse acidente geográfico ímpar. Ajuricaba agradeceu a dica do gerente, mas disse que gostaria também de percorrer a cidade. Primeiro a pé e depois num grupo de turismo para conhecer os monumentos e prédios históricos e pontos de lazer de Manaus. Muniu-se de um mapa da cidade e partiu para a sua primeira empreitada: a caminhada pelas ruas do centro da urbe.

Bartira e seus companheiros de *tour* de aventuras chegaram à cidade cansados e a noite beirando as 23 horas. A pedido dos passageiros, o comandante Macenas fez contatos por e-mail e webcam com um dos hotéis da cidade, seguindo o desejo de todos que fosse um hotel sem luxo e poucas estrelas, capaz de proporcionar estadas decentes sem onerar muito o bolso de cada um. Assim que chegaram ao porto da cidade, feita as despedidas, o grupo de que Bartira participava se apressou em rumar para o Hotel Jutaí e se recolher para um bom sono e se preparar para o dia seguinte agendando passeios e eventos que melhor lhes aprouvessem.

No outro dia, após o café da manhã, Bartira procurou contatos com universidades locais para se inteirar da programação de eventos e visitas na sua área de estudos e pesquisas. Disparou várias ligações e selecionou aquelas mais convenientes para o pouco tempo que permaneceria na cidade.

No centro de convenções da Zona Franca estava acontecendo um Simpósio Internacional sobre temas que abordavam a região e assuntos internacionais da Antropologia através dos tempos e com a participação aberta ao público. Bartira não teve dúvidas: iniciou por aquela entidade a jornada do dia. Satisfeita com o que ouviu, envolveu-se com todos os assuntos ali abordados, anotando o que achou mais interessante dito pelos palestrantes e a empatia com os assistentes. Desde o *coffee break* ao confortável auditório dispondo de um sistema de som agradável e restaurante para o almoço de quem quisesse fazê-lo e exercitar o saudável hábito de conquistar novos conhecidos nas mesas distribuídas pelo salão, mais fácil para os que dominassem o inglês, de livre trânsito entre os presentes oriundos de outras nacionalidades e ainda os brasileiros.

Nesse clima todo, Bartira somou novas amizades programando outros encontros e prevendo uma passagem proveitosa pela capital amazonense. Foi cooptada a ver os pontos históricos da cidade e o seu lado mais moderno que avançava para uma área próxima da cidade.

CAPÍTULO XIII

A CHEGADA AO ENCONTRO DAS ÁGUAS

A manhã ensolarada e o céu matizado de flocos de nuvens brancas distribuídas no infinito já anteviam a temperatura elevada e acentuada umidade para aquele dia. Ajuricaba separou roupas leves: um jeans e camisa de algodão, sandálias franciscanas e um boné para proteção da cabeça. Não se sentiu um turista, pois flagrou muita gente com o mesmo vestuário.

Sem nenhum compromisso com o tempo e discretamente usando um navegador eletrônico portátil e cheio de confiança para fazer uma caminhada sem roteiro prévio – apenas valia a pura intuição e o que seria visitado: monumentos, praças e prédios que achasse merecer o seu itinerário de pedestrianismo. Levara providencialmente uma pochete de couro para transportar os seus documentos, cartões, dinheiro e um folder com indicações dos pontos históricos, museus, residências e ruas tombadas e o famoso Teatro Amazonas.

Experiente em viagens, logo foi à catedral da cidade, Nossa Senhora da Conceição, localizada defronte ao cais do porto, um outeiro geográfico e com rampas laterais de acesso à igreja centenária. Bastante espaçosa, tinha a nave principal mostrando no teto pinturas da criação e passagens bíblicas, transepto amplo e vitrais de época.

O campanário da catedral se destacava no conjunto arquitetônico que compunha o seu entorno: jardins com plantas regionais e alamedas, bancos, caramanchões, entremeados de grama e um arruamento fazendo chegar à entrada da matriz em forma de confortável pátio, cercado de balaustrada permitindo a visão dos arredores e do Rio Negro, e logo abaixo o antigo zoológico da cidade, o Aveaquário municipal, hoje transferido para outra região de Manaus.

Bem à vista, os prédios dos ciclos áureos da borracha[15]; dos Correios; da Alfândega e o Relógio Municipal. O primeiro, em azulejos europeus verde e pastel davam destaque à sua presença; o segundo, com adarves externos lembrando fortificações medievais. No meio da avenida principal da cidade, Eduardo Ribeiro, e na parte próxima do *roadway*, homenagem ao grande governante e pensador do Estado, a construção do Relógio Municipal sinalizando o tempo para os habitantes citadinos.

Ficou algum tempo apoiado na balaustrada e fez fotos utilizando o celular, congelando imagens para os seus relatos de viagem. Desceu até os terminais de ônibus da praça contígua – que soube foi o ponto principal de bondes da empresa inglesa *Manaos Tramway* – e experimentou um copo gelado de extrato de guaraná. Subiu a avenida Eduardo Ribeiro vagarosamente até se deparar com o monumento mais famoso da cidade, o Teatro Amazonas.

Logo foi tomado pela grandiosidade da obra, construída num ponto elevado e ocupando galhardamente uma quadra inteira, fazendo convergir ruas que terminavam nas suas adjacências. Imaginou Ajuricaba as dificuldades vencidas por aquele povo para construir aquela edificação magnífica cujas rampas frontais e nos fundos permitiam a circulação de veículos e pessoas ao redor do teatro, circunscrito por balaustrada que apresentava na sua entrada a indicação de escadas que faziam chegar ao nível da calçada.

Na frente do teatro, a Praça São Sebastião e a igreja com linhas renascentistas, consagrada a São Sebastião, e no meio do

---

[15] BRAGA, G. **Chão e Graça de Manaus**. Manaus: Edição da Fundação Cultural do Amazonas, 1975.

logradouro um monumento esculpido em bronze e mármore homenageando todos os continentes conhecidos do mundo.

Nos fundos, a imagem do Palácio da Justiça do Estado, hoje transformado em museu, outra construção simbólica da cidade de linhas arquitetônicas sóbrias. Um belo exemplo do esforço produzido pelo homem da região. Sobressaem nos seus arredores o casario português preservado e edifícios modernos infiltrados na harmonia dessas construções antigas.

Logo se destaca na silhueta neoclássica do Teatro Amazonas a abóbada do teto nas cores da bandeira brasileira e da mátria pátria em moldes escamados que se completam fazendo seus apreciadores se lembrarem de que estão em terras do reino das águas. Um convite à contemplação e à imaginação dos seus criadores.

Ajuricaba adquiriu um bilhete para fazer uma visita guiada dentro do teatro. Logo foi informado de que a sua construção data de 14/02/1884 a 31/12/1896, portanto demorou doze anos; pessoalmente constatou que do átrio aos seus diversos interiores é passear pela inventiva e arte como tudo ali foi concebido: os corredores, as escadarias, os lustres, os balcões, os toilletes, as cadeiras, o palco, o *foyer*, as galerias, os afrescos, as esculturas, as sancas, as cores sóbrias e apropriadas, a cerâmica e a madeira amazônica do piso, os vitrais, enfim quase todo o material importado da Europa para compor o Teatro – mármore de Carrara; cristais da Boemia; esculturas francesas, inglesas e italianas, cortinas, grades e peças de bronze forjados no exterior e a abóbada do teto embarcadas nos portos europeus em paquetes que demoravam a chegar ao *roadway* de Manaus. Matutou o denodo imensurável dos responsáveis pela construção do Teatro Amazonas contratando profissionais consagrados no mundo das artes na Europa para transplantar o que havia de mais belo e de melhor para a tropical Manaus, sede do império da borracha no século XIX.

A panorâmica do terceiro piso nas sacadas laterais do teatro permitia enxergar grande parte da cidade e a Baía do Rio Negro, cujas águas na visão quimérica se apresentavam gris. Mais uma vez o casario se espraiava mostrando a influência portuguesa da colonização e a modernidade dos edifícios que misturavam o olhar se alongando no horizonte da urbe faceira e morena como seus habitantes da cor brasileira.

A revoada de pombos na Praça São Sebastião de um lado para outro, alvissareira na busca do alimento deixado por transeuntes, e a temperatura equatorial naquele dia faz ferver o sangue daquelas aves, iniciando, alvoroçadas, um ritual de acasalamento. A algaravia era dos arrulhos e do bater das asas e volteios galanteadores. Ajuricaba comemorava para si mesmo o recado da natureza. Em qualquer praça do mundo os pombos se faziam presentes.

O telefone celular de Ajuricaba vibra e ele atende, identificando a chamada do Hotel Waupés em que estava hospedado. Era a voz do gerente Euler.

– Sr. Ajuricaba, sai às 14 horas de hoje um passeio para o Encontro das Águas; se o senhor quiser posso incluí-lo na lista para fazê-lo.

Ajuricaba respondeu:

– Obrigado, estou interessado e pode me incluir no grupo. Vou almoçar no hotel e rapidamente chego aí.

Desligou o celular e interrompeu a caminhada pela cidade, voltando às pressas para o hotel. Conferiu o relógio: passava do meio-dia.

No restaurante do hotel almoçou e não disfarçou a ansiedade de logo mais estar no destino final da sua viagem. Subiu para o apartamento e trocou de roupa, vestindo uma bermuda, camiseta arejada e o mesmo boné, sandálias e pochete, contendo os seus documentos e celular com câmera. Sentou-se numa poltrona da recepção do hotel aguardando a condução que o levaria para o passeio desejado.

No Hotel Jutaí em que estava, Bartira pediu informações sobre um passeio ao Encontro das Águas. Disseram-lhe na recepção que naquela tarde um grupo de pessoas acertou um passeio fluvial até lá e caso ela estivesse disposta a fazê-lo só teria que confirmar a presença e, por volta das 13h30, o micro-ônibus passaria na portaria do hotel para buscar os hóspedes interessados nele.

Ela achou ótima a notícia e confirmou o interesse, mais ainda porque o pessoal do grupo de aventuras já estava inscrito. Almoçaram no hotel e foram aguardar na recepção a passagem do micro-ônibus que os levaria para o barco contratado para o passeio.

Exatamente na hora combinada o micro-ônibus parou na portaria do Hotel Waupés e Ajuricaba escolheu o seu lugar na poltrona da janela; minutos depois chegava ao Hotel Jutaí onde Bartira e o seu grupo ingressaram na condução, facilitando a locomoção do veículo. Todos só queriam conhecer o tão esperado Encontro das Águas. Houve cumprimentos para os que já estavam no interior do micro-ônibus conscientes que seriam parceiros por algumas horas do passeio fluvial.

Às 14 horas todos estavam no interior do confortável e moderno barco Saracura que os levaria para o ponto que eles escolheram conhecer: o Encontro das Águas. Receberam instruções para colocar os coletes salva-vidas e como usá-los em caso de emergência.

À medida que a embarcação vencia as águas do Rio Negro, através do sistema de comunicação dela, o piloto, Sr. Leomar Noriga, falando em português e inglês chamava a atenção dos passageiros para locais da cidade e tecia comentários sobre eles. A tarde estava engalanada para o passeio: o céu nítido e uma tênue aragem soprando – aumentada a sua intensidade pela locomoção do barco, fazia os turistas experimentarem uma agradável sensação de frescor –, com as ondas do rio serenas, apenas facilitando a correnteza nas águas.

Navios cargueiros de grande porte chegando para abastecer mercadorias importadas e vendidas na cidade, outros abarrotados de contêineres saindo para portos do mundo e nacionais com produtos montados na Zona Franca de Manaus davam uma mostra do vigor do comércio na área. Também os de passageiros que faziam as linhas de cabotagem, outros que apenas percorriam as duas metrópoles da região, Manaus e Belém, coadjuvados pelos catamarãs que percorriam o interior do Estado e gaiolas das linhas hinterlandinas tornavam movimentada aquela artéria de águas.

Quase no local culminante do passeio, o Sr. Leomar fez uma breve pausa no que estava falando para ressaltar aos passageiros que entre eles havia dois nomes ligados à história local e do país. O Sr. Ajuricaba e a sra. Bartira e que fariam rápida digressão sobre eles. Começaria pela última, Bartira, que aludia à índia tupi e habitante da costa da Bahia, que depois de viver um caso de amor com um fidalgo português, na volta dele para Portugal e sabendo que não poderia acompanhá-lo, atirou-se nas águas do Oceano Atlântico na tentativa de alcançar a caravela portuguesa nadando até o seu limite e sem forças morreu afogada no mar.

O segundo fala de perto a este lugar: é a saga do Tuxaua Ajuricaba, chefe da tribo dos Manaos, neto de Caboquena e filho de Huiuebéue, todos corajosos guerreiros e caciques. Ele era o temor das autoridades e guarnições portuguesas sediadas na Amazônia que enxergavam nos bugres os braços e suores para servi-los como escravos nos seus intentos de conquistas e posses de terras, minas de ouro, pedras preciosas e de colonização.

Ajuricaba combatia o bom combate contra os invasores portugueses, infligindo derrotas às hostes lusitanas que cada vez mais se reforçavam de batalhões militares para deter o audacioso e destemido chefe indígena. Finalmente atingem o objetivo derrotando-o; aprisionando-o, conduzem-no a ferros para a cidade de Belém onde seria julgado como traidor da Coroa Portuguesa. Próximo daqui, num descuido da guarda lusitana, mesmo aguilhoado, Ajuricaba se joga nas águas escuras do Rio Negro que ele tanto amava, preferindo a morte à submissão do invasor estrangeiro.

Estava criado o mito de herói das terras amazônicas.

Quando terminou o seu relato pediu que os dois passageiros se levantassem para receber palmas dos demais turistas.

Ajuricaba e Bartira se levantaram e foram aplaudidos e surpresos pela coincidência passaram a olhar com mais interesse um pelo outro.

O barco Saracura chegava finalmente ao seu destino e apitos saudavam esse momento; ato seguinte, desligando o motor para flutuar algum tempo e elucubrações dos passageiros. Águas negras de um lado do Rio Negro e águas barrentas do outro do Rio Solimões; lado a lado por 12 quilômetros sem que uma invadisse o espaço da outra e, como toda carícia de amantes eternos, fundiam-se numa erótica simbiose idílica observada pelo verde das matas das suas margens, ventos ligeiros alisando as suas superfícies e os inaudíveis cantos guerreiros e as huris encantadas cuidando da fauna e da flora simbolizadas naquele encontro.

Os turistas enlevados contemplavam mais este capricho da natureza e cada um fazia a sua avaliação solitária. Ajuricaba revia a imagem de Maxlan Cuñas e mergulhava na ficção do encontro de Krixen e Azle e da epopeia do seu homônimo Ajuricaba e o fenômeno natural de inexplicável beleza de que era testemunha. Deu um sorriso pessoal de satisfação e voltando-se para Bartira iniciou um diálogo que só foi interrompido no *roadway* de Manaus. Ele acabara de amadurecer a ideia de completar a caminhada do Rio Mar agora denominado Amazonas até a sua foz no Oceano Atlântico. Ele faria o caminho inverso indo até a cidade de Belém por avião e de lá até a capital do estado do Amapá, Macapá, voltando para Manaus pelo rei dos rios. Fez o convite para Bartira acompanhá-lo na nova empreitada. Bartira com muito jeito pediu que ele desse um tempo para ela, colhida de supetão.

No outro dia um *lear jeat* de uma companhia de aviação aquecia as turbinas na cabeceira da pista do aeroporto Eduardo Gomes em Manaus e se preparava para decolar com destino à cidade de Belém. A aventura continuava...

CAPÍTULO XIV

CONSIDERAÇÕES INICIAIS DO ENCONTRO DAS ÁGUAS II

Na segunda parte deste livro, desde a Foz do rio Amazonas no Estado do Amapá e subindo as suas fortes correntezas na volta à cidade de Manaus no seu itinerário assim completamos essa mágica viagem pelo rio Mar.

Como ficção e inspirado na mitologia escandinava trouxe o rei Odin e sua corte abrindo essa nova saga para em seguida homenagear em traços ligeiros a metrópole de Belém e as cidades de Cametá, Monte Alegre e Santarém no vizinho Estado do Pará que fazem parte do percurso do rio Mar.

Na divisa dos estados do Pará e Amazonas logo aparece a cidade de Parintins e mais adiante, a cidade de Itacoatiara e finalmente o município de Careiro da Várzea quase nos limites da cidade de Manaus.

Nesse trajeto destaquei outras quatro lendas importantes da Amazônia; A Cobra Norato, a Lenda de Mani, Açaí uma Lenda e a Lenda do Guaraná.

Reforço à assertiva dita neste livro sobre a preocupação constante das queimadas e a ocupação do solo amazônico para o garimpo artesanal e que ainda se vale do mercúrio que atinge os igarapés, rios e lençóis freáticos matando não só os peixes e fauna que se alimentam deles e a população ribeirinha, indígenas reféns dessa prática criminosa e ilegal. Devastam ainda as matas e sempre vão buscar outras causando imensas crateras e inutilizando o solo e abrindo monumentais clareiras ferindo como metástase a floresta indefesa.

Urge que os órgãos oficiais responsáveis pela fiscalização e a preservação dessas áreas conscientes da importância e grandeza da Hiléia Amazônica que ultrapassou as nossas fronteiras e são assuntos primeiros nas pautas de todos os Fóruns Mundiais realizados nos quatro cantos do planeta apresentem ao público nacional e internacional aquelas Organizações Não Governamentais que tem interesses inconfessáveis e atuam contra a soberania nacional e escarnecem da Ecologia, Biomas e alterações climáticas gravíssimas para o futuro da humanidade.

O Lear Jet se aproximava da cidade de Belém e os passageiros foram alertados pelo sistema de comunicação da aeronave, na voz do seu comandante, que o voo estava chegando ao final e fez considerações de praxe e desejou felicidades para todos, cujo pouso no aeroporto de Val de Cãs seria feito em vinte minutos aproximadamente.

Ajuricaba, da sua poltrona ao lado da janela observou que a exemplo de Manaus, a capital paraense se apresentava como a outra metrópole da Hiléia Amazônica banhada pelo rio Guamá se espraiando faceiro pelas terras habitadas de populações que tende a se expandir e encontrar outras cidades menores que formarão a grande Belém, e lembrou-se que nas suas pesquisas soube que um dos maiores eventos católicos ali se realiza, o Círio de Nazareth. Uma imagem bonita e simpática como todas dessa grande região brasileira cercada de verde abundante das matas que são irrigadas pelos imensos rios.

Ao longe se enxergava a Ilha de Marajó e além dela uma nesga de mar que se confundia com o horizonte azul e nuvens esparsas como flocos de algodão e cúmplices do céu. Feita a aterrissagem, logo os passageiros foram saindo ordeiramente do avião, uns com bagagem de mão e outros se dirigindo ao setor de desembarque para apanhar suas respectivas malas. Ajuricaba procura o local dos táxis e acerta uma corrida para um hotel anteriormente contatado e que serviria de base no pernoite que faria na capital paraense e em seguida prosseguir na sua viagem até a cidade de Macapá, capital do estado do Amapá, conhecer a foz do rio Amazonas e depois retornar pelo próprio rio até Manaus.

Apesar da maneira apressada prevista no seu roteiro, na ida para o hotel deu para aferir de relance o que a cidade e capital paraense apresentavam aos seus visitantes e turistas atraídos pelos seus cartões-postais; prédios modernos e outros centenários e casario de época misturando arquiteturas distintas. Monumentos, logradouros, praças e ruas guardadas por imensas mangueiras e outras espécies verdes e os seus habitantes estampavam a miscigenação de brancos, índios e negros resultando a aparência cabocla que identifica a Região Norte do país.

No hotel, imediatamente recolhe e acomoda sua bagagem e usando o seu celular, pesquisa e faz contato com uma empresa de aviação regional e se informa dos voos para a cidade de Macapá e ver *in loco* a pororoca que acontece no encontro entre o Rio Mar e o Oceano Atlântico. Sim, porque comentou com o taxista Raimundo em Belém sobre o acidente geográfico da foz do rio Amazonas e este assentiu com a cabeça que esse fenômeno era observado nas fases de luas cheia e nova, criando ondas que se formavam ali e se avolumavam ao encontrar o Oceano Atlântico e adentrar o gigantesco rio por até dez quilômetros propiciando barulhos muito fortes que os locais chamam de estrondos e em tupi-guarani, na linguagem indígena, *Poro´roca*.

Decide tomar um banho e jantar no próprio hotel e em seguida passar as últimas decisões para o dia seguinte em anotações feitas numa caderneta que sempre carregava e finalmente dormir, que no dia seguinte teria tarefas a cumprir e o voo para o Amapá. Antes olhou rapidamente pela janela e viu que a cidade de Belém começava a acender suas luzes e os prédios e casas acompanhavam essa iluminação provocada pela noite que chegava de mansinho. O vai e vem de veículos davam vida ao trânsito noturno com suas buzinas e velocidades diferenciadas. A lua crescente na sua fase final e anunciando a lua cheia fazia um contraponto com as estrelas cintilantes na amplidão do céu.

Fez a última refeição do dia, pedida pelo interfone do quarto e viu algumas notícias no jornal da televisão, e em seguida anotou como prioridade o horário da saída do hotel e o transporte disponibilizado pela empresa aérea para o voo do dia seguinte.

Na manhã do outro dia fez o seu desjejum no hotel e com a maleta de mão foi até a recepção aguardar o veículo que iria transportá-lo para o aeroporto e embarcar para Macapá, o seu próximo destino. Sem atribulações chegou ao aeroporto de Val de Cãs e se dirigiu ao balcão da empresa de aviação que o levaria para a cidade de Macapá, que é conhecida também por haver construído um monumento que assinala o Marco Zero ou o Meio do Mundo, e se informar sobre um tour para a foz do Rio Mar.

Assim que entrou no avião e colocou sua maleta no bagageiro acima da sua poltrona e acomodou-se, começou a fazer digressões de leituras e conhecimento que adquiriu sobre a foz do rio Amazonas e elucubrações buscando achar uma origem para o fenômeno que marca o encontro do gigantesco rio com o mar, a Pororoca, um acidente geográfico que os compêndios e livros registram e quem sabe os incunábulos dos nautas nórdicos e vikings já mencionavam.

CAPÍTULO XV

A CORTE DE ODIN, LIV E NOD

Visualizou em remotas eras o chefe supremo do reino de Asgard, Odin, onde habitavam os Deuses nórdicos da mitologia escandinava, protetor dos navegantes e conquistadores dos mares e oceanos desconhecidos. Ele foi avisado que naquele momento, sua corte de Ninfas, Genius, Elfos enfrentava um problema interno gerado por um dos Elfos mais queridos e afoitos Nod, dado a conquistas e amores, havia insistentemente assediado e ameaçado a Ninfa mais bela, Liv, que se não fosse amante dele não seria de mais ninguém e decerto morreria. Ela não correspondia aos seus arroubos e juntamente com as outras Ninfas levaram ao conhecimento de Odin que ouviu os reclamos e disse que convocaria um conciliábulo com todos para uma decisão que ele imaginava iria abrir feridas no seu coração pelo apreço e carinho que tinha pelos dois personagens queridos. Pacientemente ouviu-os e todos os membros da sua corte que não chegaram a nenhuma conclusão. Odin então decidiu:

Que seriam afastados da corte para missões importantes no seu reino e que os dois, Liv e Nod, não teriam mais contato um com o outro e chamou cada um em particular e ordenou quais trabalhos e atribuições ficariam para ser realizadas.

À Liv, disse-lhe que seria a Deusa e Rainha dos Rios, Lagos e Lagoas do mundo inteiro e faria a sua moradia base no maior rio do mundo, e cuidando das espécies vivas e a água indispensável à toda forma de vida. Em seguida chamou Nod e ordenou-lhe que fosse um itinerante dos mares e oceanos da Terra, observando os ventos, os climas, as marés e correntes marinhas.

Nod ouviu a decisão e até desdenhou das novas funções que passaria a ter e embora contrafeito, lançou um olhar furioso e com gestos maliciosos para Liv, que o repeliu com altivez e teve a solidariedade das outras Ninfas, Odin e demais presentes. Liv reverencialmente acatou a decisão de Odin e em seguida reuniu-se com as outras Ninfas manifestando o seu profundo apreço por elas abraçou-as e pediu que quando estivessem com tempo a visitassem na sua nova morada e soberania.

Houve lamentações e comoções entre elas que fizeram questão de demonstrar carinho e grande amizade ligando-as para sempre. Logo Liv se interessou em conhecer as suas novas funções no seu reinado, percorrendo lugares que não imaginava fossem tão lindos e diferentes nos quatro cantos do mundo e se encantou com as transformações dos continentes e suas variadas temperaturas, fauna e flora abundantes exibindo vidas nos rios, lagos, lagoas todas sem a composição salina. Apreciou as cachoeiras gigantescas e até as menores quedas d'água e rios imensos e os pequenos formando espetaculares bacias. Viu diferentes conjuntos de florestas, matas e aquelas menos densas e de esparsos arbustos e elevados rochosos dos mais variados tons e extensões de terras sem nenhuma cobertura vegetal e areias escaldantes. Um continente formado por geleiras a perder no horizonte se encontrando com o oceano e temperaturas sempre abaixo de zero grau. Seres alados flutuando e voando no espaço livre dessas terras desconhecidas. Conheceu a divisão precisa do tempo entre a escuridão e a claridade, a noite e o dia, consequência da movimentação dos astros Sol e Lua e a própria Terra sobre o seu eixo na rotação e translação propiciando que a velocidade desses movimentos criasse a chegada da noite em determinadas partes do globo e a manhã noutras. Uma sincronia perfeita da criação Divina.

Finalmente se deparou com o maior rio do mundo, o Amazonas, e ficou deslumbrada com o seu caudal e tamanho atravessando a incomparável concentração de floresta num continente, povoada por animais portentosos terrestres e outros exóticos nas suas águas barrentas e correntezas velozes, os peixes, das mais variadas espécies e cardumes.

Já havia visitado outros grandes rios em diferentes lugares e avaliou a extensão do Rio Nilo e a região árida que percorria e no mesmo continente outro grande rio, o Congo, que rasgava uma vastidão de florestas e *habitat* de grandes animais e indo para a Ásia se deparou com o rio Yang Tsé, ou rio Amarelo, na China que incessantemente corria entre maciços de pedras e elevações rochosas, em direção ao mar do continente asiático e no solo indiano reverenciou o rio Ganges e o seu tamanho apreciável, e como uma premonição, saudou a sua futura adoração e o povo que naquelas terras habitaria e faria dele um repositório de fé e crendices. Ainda nas suas andanças conheceu o rio Reno atravessando parte do continente europeu e sua importância indelével. Finalmente teve um encontro muito apreciado com o rio Mississipi, que entre terras planas e rochosas presta hoje a sua finalidade aos Estados Unidos da América.

Retornou ao maior deles e se convenceu que ali seria a sede e morada eterna do seu reinado: o Rio Amazonas. Concebeu a sua corte com Yaras prestimosas que a representariam nas mais diferentes e distantes latitudes da Terra. Nod também peregrinou por todos os continentes imaginando encontrá-la e realizar os seus desejos mórbidos e se deparou com aquele rio majestoso que descia caudaloso e célere das Cordilheiras Andinas e cindia matas e florestas de maneira espetacular até encontrar as águas salinas do mar e se convenceu que não haveria melhor esconderijo e realeza para receber a corte de Liv. Redobrou as suas forças e prometeu para si mesmo que sempre nas fases da Lua Nova e da Cheia encarnando o mar, faria uma grande surpresa ao seu amor não correspondido. Liv, avisada por um sexto sentido, despertou de um sonho em que viu a figura de Nod tentando invadir o seu reino pelo mar possuído de ódio e da morte, visíveis nos seus olhos vermelhos introjetados de sangue. Liv se preocupou com o sonho e materializou a contrapartida para sua defesa e do seu reino, reagiria sempre que as investidas de Nod acontecessem, repelindo-o com a força das águas do rio que muito acreditava. Relâmpagos, raios estrepitosos, a chuva forte e incessante e a umbra tingiu os céus e as águas tormentosas do mar e os ventos das procelas miravam a foz do Rio Amazonas e sons lembrando a Cavalgada das Walkirias de Wagner na primeira vez que o embate se deu. Nod conseguiu adentrar quase 20 quilômetros do rio Mar e aos poucos e passados anos, o rio foi expulsando as águas do mar que atingiu dez quilômetros da sua foz. Neste choque de Titãs o ruído provocado pelo encontro das águas doce e as salinas são ouvidos a distância das matas e séculos depois os indígenas na sua língua tupi deram o nome de Pororoca - grande estrondo para eles -, formando ondas, macaréus que atingem mais de três metros de altura lambendo as margens do grande rio até amainar a ira dos litigantes Mar e Rio.

Daí então a cada investida de Nod soprando a pleno pulmões as águas do Oceano Atlântico formando imensas ondas para invadir a foz do rio-mar. Liv reunia forças telúricas e repelia o invasor, cujo encontro passou a ser conhecido como Pororoca e permanece até hoje no inconsciente de gerações e gerações.

Ajuricaba ficou impressionado com o que viu e consultou o guia do seu grupo, Delso Sotelho, sobre o que acabara de presenciar e este não se fez de rogado e pediu a atenção de todos para o que ele iria contar sobre uma lenda muito difundida na região que tinha um elo posterior ao que eles viram.

CAPÍTULO XVI

A LENDA DA COBRA NORATO

Cobra Norato

Nessas proximidades, no Distrito de Bailique habitava uma tribo indígena que contava a Lenda da Cobra Norato e ela rapidamente se espalhou por toda Amazônia até os dias de hoje:

Uma índia dessa tribo fora se banhar no Paraná do Cachoeri em terras do Pará quando foi colhida de surpresa e possuída por um boto e engravidando. Meses depois nasceu um casal de gêmeos, um menino que lhe deram o nome de Nonorato e uma menina que se chamou Maria Caninana e estranhamente tinham os corpos cobertos por escamas, cabeças triangulares, olhos e línguas que lembravam ofídios. Seus comportamentos eram diferentes; ele calmo e ela muito agitada e com o correr de um breve tempo, Nonorato revelava ser dócil e compreensivo e Maria Caninana agressiva com todos e em especial com a sua mãe. A índia não teve dúvidas e foi consultar o pajé da tribo, perguntando se deveria matá-los ou abandoná-los no rio. O pajé imediatamente respondeu: *se os matasse ela morreria também*. Então a mãe deles resolveu abandoná-los no Rio Tapajós nas ocasiões em que a Pororoca acontecesse e onde poderiam viver e naturalmente passariam por um processo de encantamento a que estavam destinados.

A partir da vida errante que levavam pelos rios, lagos, lagoas e águas da vasta floresta amazônica, Maria Caninana foi mostrando a sua verdadeira face ruim e má, afogando banhistas, colocando a pique barcos dos mais variados tamanhos e surgindo como assombração para os pescadores e viajantes. Como seu irmão Nonorato desaprovava a conduta malévola da irmã, planejou a sua morte, livrando-se dela e passar a viver só o que de fato aconteceu. Já adulto, se transformou numa gigantesca cobra morando nas profundezas dos rios. Todavia, de noite voltava à forma humana e nunca deixava de visitar com frequência a sua mãe na aldeia indígena e assim podia desfrutar da sua vida dupla de animal e humano. Ao sair do rio deixava a sua pele de cobra na beirada do barranco e seguia mata dentro para fazer parte das festas e comemorações de arraiais onde mantinha uma grande quantidade de amigos e encontros com moças dessas localidades. As metamorfoses que aconteciam com Nonorato se davam nos primeiros lampejos da aurora, fazendo com que corresse imediatamente para a beira do barranco onde havia deixado a sua pele de cobra e se lançava no rio para viver a sua outra forma de vida de serpente sem que ninguém o tivesse visto na luz do dia.

Até que um dia foi descoberta a sua dupla forma de vida e todos ficaram penalizados com o encanto que carregava, porém souberam que a sua situação poderia ser revertida se qualquer humano dotado de muita coragem e despido de nojos colocasse na boca da serpente gotas de leite de uma mulher e lhe ferisse a cabeça com uma faca nova.

Nas vezes que dormia na maloca da sua mãe tentava convencê-la para ajudá-lo a desfazer o encanto que carregava com pesar e pedia para ela acordá-lo antes dos primeiros raios do sol e que fosse à beira do rio onde estava a sua pele de cobra e colocasse leite materno na boca da serpente e desferisse golpes de faca na cabeça da fera. A mãe bem que procurou fazer, mas voltava amedrontada para sua rede e tentar conciliar o sono de novo. Os anos foram passando e a velha índia enfraquecendo até chegar a sua morte. Nonorato então decidiu a apelar para os seus amigos que fizessem a quebra de encanto que a sua mãe não conseguiu fazer. Com o tempo os amigos e conhecidos foram rareando até que na cidade de Cametá um soldado da polícia resolveu ajudá-lo, contristado com a sua situação e partiu para encontrar a pele da cobra num barranco e pôr em prática a tarefa para desfazer o encanto, e nunca mais tiveram notícias do soldado, pairando a dúvida se teve ou não sucesso.

Um grande mistério ficou no inconsciente do povo local; teria Nonorato se libertado do seu encanto e voltara a viver a sua condição de humano ou o soldado falhou na sua missão e Nonorato, que todos passaram a chamá-lo Norato, retomou à sua forma de ofídio e até os dias atuais faz aparições terríveis naquelas águas, destruindo beiradões e provocando grandes ondas e macaréus nas bacias da Hiléia Amazônica e perpetuando a Lenda da Cobra Norato.

Ajuricaba rapidamente decidiu e perguntou ao guia do grupo se podia indicar o nome de uma empresa que operasse na linha Belém a Manaus subindo o rio Amazonas e ele prontamente respondeu que entrasse em contato com a empresa Marajoara Tour, dona de Navios fazendo essa linha e salvo engano dele, tinham dois horários diários de saídas de Belém e dois vindos de Manaus. Como ele parecia ter pressa em fazer a viagem, poderia voltar de imediato a capital paraense num voo que sairia alguns minutos de Macapá e a noite aproveitaria a saída do Navio para Manaus.

Conseguiu uma viagem para Belém e daí a minutos estava descendo no aeroporto de Val de Cãs e em seguida de táxi para o hotel Guamá que estava hospedado e foi apanhar a sua bagagem e acertar a estadia naquele hotel e na recepção aguardando a conta, pelo celular ligou para a empresa Marajoara Tour que confirmou uma saída para Manaus às 20 horas e com cinco dias de duração. Ajuricaba solicitou um *voucher* para Manaus com cabine. Uma vez liberado pela recepção do hotel viu um táxi ao lado e conversou com o profissional para levá-lo ao porto de Belém. O navio já estava esperando os passageiros e na entrada apresentou o *voucher* ao funcionário da empresa e foi conduzido por outro atendente ao local da sua cabine e passando-lhe as respectivas chaves.

Na hora marcada, o navio Tucuruí saiu do porto de Belém e deu sequência à viagem no maior rio de mundo, numa noite quente e céu límpido de lua cheia marcada pela plêiade de estrelas cintilantes e assim se foi afastando da capital paraense na madorra das suas máquinas impulsionando as águas barrentas dos rios Guamá e depois o Amazonas.

Passa ao lado da Ilha de Marajó e sons de músicas locais e instrumentos de percussão entoando carimbós, salsas vindos das suas vilas e habitações pontuais iluminadas e tudo levando a crer ser um balneário turístico para entretenimento dos que ali buscam o lazer e tranquilidade.

Ajuricaba foi para sua cabine tomar banho e colocar uma bermuda, camisa polo e fazer uma refeição frugal, conhecer melhor o navio e se houvesse chance conversar com alguém interessado em interagir com ele. No restaurante do navio comeu uma moqueca de tucunaré, arroz, purê de cará – tubérculo da Amazônia –, e farinha do Uarini. Pediu um suco de manga e para sobremesa, um sorvete de sorva. Terminada a refeição foi andar no convés para a digestão do repasto, parando aqui e acolá e debruçava-se na amurada do Tucuruí para tentar ver alguma manifestação da natureza nas águas e na floresta. Tudo em vão pela escuridão da noite que só permitia os reflexos da lua nas águas e o barulho intermitente das máquinas do navio deixando no ar um leve cheiro de combustível que as alimentavam. Nessas circunstâncias conheceu o comandante com o uniforme do seu trabalho que indicava a hierarquia da sua tripulação. Imediatamente cumprimentou Ajuricaba e disse chamar-se Arilson Ferolo e este declinou o seu nome, quando o comandante disse estar relaxando momentaneamente das suas funções entregues ao imediato Robson. Iniciaram uma simpática conversa e breve no tempo, cercada de empatias de ambas as partes. Logo o comandante retornou ao seu posto e Ajuricaba mergulhou em recordações e muito depois voltou à sua cabine para descansar e dormir. Retirou da maleta um livro e se sentou na poltrona para a leitura que tanto gostava e em seguida o sono chegou e foi dormir.

Acordou cedo e foi fazer o seu desjejum com cardápio regional e se serviu de sucos e tapiocas com os mais variados sabores, frutas que a partir daquele dia seria o seu café matinal. Soprava uma brisa fria vinda das matas e o sol dava o ar da graça lançando seus lampejos por entre nuvens e fímbrias da floresta e o navio atravessando aquelas águas barrentas. Ele se levantou e foi para amurada dele e ao seu lado chegou um casal simpático que vendo o interesse dele na distante visão de uma cidade e possivelmente sede de município iniciou uma conversa que se estendeu por algumas horas. Ajuricaba abriu um sorriso e disse o seu nome e os dois retrucaram:

– Somos Sergio e Nayra e já fazemos essa rota Belém-Manaus e vice-versa há alguns anos e julgamos conhecê-la bem. Por exemplo, já passamos por Abaetetuba, cidade próxima de Belém e depois avistar Cametá que fica na confluência deste com o rio Tucuruí e bem mais adiante cruzar o importante rio Xingu que percorre parte do Centro-Oeste brasileiro e conhecer Monte Alegre e suas feiras artesanais e tem uma ativa comunidade quilombola e ruas bem traçadas e algumas asfaltadas.

Por sinal, disse o casal, se quiser vamos contar uma lenda que diz bem dos mistérios da Amazônia e importante para a culinária do Brasil e do Mundo.

CAPÍTULO XVII

MANI, UMA LENDA

Mani

A vida corria como de costume na tribo dos Mundurukus. Apenas estavam naqueles tempos enfrentando uma crescente falta de alimentos pela estiagem que afligia aquela região e as caças de animais e peixes estavam escassas, provavelmente migrando para os grandes rios e até nos paranás e águas piscosas as igarités voltavam quase vazias nas incursões feitas pelos nativos, e alternativas como as frutas excelentes paliativos para fome.

O tuxaua e respeitado guerreiro da tribo dos Mundurukus foi surpreendido com a gravidez da sua filha, a mais bonita da tribo, com traços corpóreos bem definidos, cabelos longos e negros, pele alva pretendida pelos guerreiros mais destacados dali e que deixava uma ponta de vaidade no pai da beldade indígena.

A índia inquirida pelo pai afirmava com altivez que não tinha sido violada por ninguém e o pai lhe submeteu a duras reprimendas sem que ela cedesse na sua afirmativa. Ele não estava disposto a encarar a tribo inteira pela desonra que a sua filha querida apresentava a olhos vistos e até pensou em matá-la para desagravar a sua vergonha. Sabiamente arrefeceu os seus instintos e numa noite ao dormir teve um sonho em que um homem branco apelou para ele confirmando o depoimento de inocência da sua amada filha. No outro dia acordou impressionado com o seu sonho e invocou Tupã para guiá-lo na decisão de perdão que iria fazer e este lhe disse que ela estava fadada a ser a mensageira de uma grande graça a todas as nações indígenas.

Finalmente, após nove meses, a jovem índia concebeu uma menina de tez branca e que precocemente falou e andou antes de completar o seu primeiro ano de vida. O fato se espalhou por toda a região e as outras tribos curiosas queriam ver a criança que recebeu o nome de Mani e em grupos chegavam para confirmar o que haviam ouvido. Ao cabo de um ano sem que a menina tivesse sintomas de nenhuma enfermidade morreu candidamente e sem experimentar sofrimento e dor. A tribo ainda refém da escassez de alimentos suspeitava que Mani tivesse sido vítima deles.

Pela importância do avô, prepararam uma cova no meio da Taba indígena e enterraram Mani com a aquiescência de todos que ela deveria ser regada diariamente como uma planta. Passados alguns meses surge da cova uma planta de origem desconhecida e que eles observaram com muita atenção o seu crescimento pela distribuição equilibrada do caule, galhos e folhas que logo atraíram os animais e aves que comiam partes dela e daí a instantes ficavam entontecidas, parecendo embriagadas e gerando nos índios um respeito maior por aquela planta que pouco depois, abruptamente fez brotar da terra raízes fortes e grandes, e os índios então iniciaram a experiência de retirar essas raízes e prová-las na sua cozinha como complemento nos seus pratos diários e que imediatamente caiu no gosto deles, cozidas, assadas e em outras formas agora com o nome de Manioca e também Mancioca, que traduzindo para língua tupi significa Casa ou Corpo de Mani. Dessa descoberta e chegando à linguagem cabocla nasceu a corruptela de Mandioca, um ingrediente indispensável na culinária amazônica e hoje difundida além das nossas divisas e fronteiras e nas denominações regionais de Macaxeira, Aipim, Mandioca, Maniva e fazendo parte na mesa de repasto como farinha, tapioca, tucupi, tacacá e outros tantos acepipes aqui e alhures.

Ajuricaba agradeceu a história contada pelo casal achando-a muito original pela importância do aipim na vida nacional e a criatividade dos caboclos para contar o aparecimento desse importante ingrediente culinário. Bem comum na região amazônica, nuvens começaram a substituir os flocos de algodão por cores escuras anunciando que chuvas estavam se encaminhando para desabar. As aves voltavam serelepes para as árvores e se abrigar da tempestade tropical que se anunciava. Ventos inicialmente suaves e depois ligeiros encapelavam as águas barrentas do rio Amazonas e formavam ondas sequenciadas, os banzeiros, que tornavam a navegação mais cautelosa para ultrapassar as águas e correntes fortes e os incessantes pingos da chuva que tornava a visão difícil na condução do barco e dos viajantes que se recolhiam para dentro dele e encontrar melhor proteção. Terminada a tempestade, uma brisa toma conta do ar encerrando mais um fenômeno próprio da imensa floresta amazônica.

Os dias dividindo-se em tardes e noites, a amplidão das telas naturais da Hiléia Tropical e o barulho intermitente das máquinas do Tucuruí cortando as águas em sentido contrário à sua correnteza iniciada nos Andes peruanos. Já no porto de Monte Alegre, uma cidade que mostra sinais de crescimento e tem traços de urbanidade, com a rua principal asfaltada e as secundárias devidamente cuidadas. Passageiros saíram do navio e outros entraram enquanto produtos cultivados na cidade eram embarcados com destino a Manaus, como o limão taití, referência daquela região e exportado para além das fronteiras brasileiras. Também o município é dotado do Sitio Arqueológico mais antigo da Amazônia de pinturas rupestres e conhecido na área citada e menção para pesquisadores e estudiosos. A cidade ainda concentra uma comunidade quilombola bastante expressiva e que faz do cultivo e plantação a sua maior contribuição para a atividade econômica do município.

O navio Tucuruí continuava a subir o gigantesco rio Amazonas e no seu caminho canoas com ribeirinhos cruzavam o rio parecendo diminutos pontos na imensidão da cor barrenta dele e as aves que no céu faziam evoluções e espalhavam os seus piados e comunicação alada, aproveitavam as correntes de ar que facilitava seus voos, dando a entender que viviam naquele paraíso verde e tropical. Troncos de árvores –, touceiras como ali eram conhecidas –, flutuavam sem rumo ao sabor das correntes fortes e consequência dos desbarrancamentos que aconteciam em toda região amazônica e que nas noites causavam preocupação aos experientes comandantes da navegação nos rios da Amazônia.

O comandante Ferolo voltou a encontrar-se com Ajuricaba no passadiço do navio e parou para um alegre bate papo que, entre outras coisas, disse que estavam se aproximando de Santarém, a segunda mais importante cidade do estado do Pará, conhecida como a Pérola do Tapajós por se localizar na confluência dos rios Amazonas e Tapajós e ser o principal centro cultural, comercial e financeiro do oeste paraense e apresentar pontos turísticos que fazem parte do roteiro nacional e internacional como as conhecidas praias de Alter do Chão, que a imprensa britânica denominou de Caribe Brasileiro das águas doces e considerou como aquela mais bonita do mundo formada por rios. Ajuricaba agradeceu tais informações do comandante Ferolo e logo avistou ao longe a cidade citada por ele. O navio Tucuruí atracou no porto da cidade por aproximadamente uma hora e passageiros entraram e saíram para continuar a jornada do navio. Ajuricaba considerou os atributos da cidade e simpatizou com a sua feição urbana, ruas calçadas, casario português e sinais de prédios modernos se misturando à sua arquitetura. Consultou a internet e descobriu que Santarém estava na metade do caminho entre Belém e Manaus e para sua surpresa presenciou o outro grande encontro das águas entre o rio Amazonas e o rio Tapajós, acontecendo o mesmo fenômeno das águas não se misturarem. Águas barrentas e as claras correndo paralelamente. Coisas da Amazônia. Continuando a viagem se deparou com as cidades de Óbidos e Alenquer, municípios do Baixo Amazonas.

    Naquela noite Ajuricaba foi para o convés do navio e começou a contemplar as estrelas que entre elas, bem nítidas, estava a constelação do Cruzeiro do Sul e outras na dimensão do infinito cintilavam para um céu límpido. Admirou-se da beleza celeste e lamentou não ter em mãos um binóculo de longo alcance para apreciar melhor o que estava vendo. Um passageiro se aproximou e apresentou-se para ele como sendo natural de Rondônia, um estado brasileiro da Região Norte do Brasil e seu nome era Givanildo Serra. Começaram uma animada conversa e que no meio dela prontificou-se para contar uma história que vem passando de geração em geração sobre o Açaí, hoje o fruto muito divulgado no mundo todo. Ajuricaba agradeceu e disse que seria agradável ouvir o relato de Givanildo e este começou a fazê-lo:

CAPÍTULO XVIII

AÇAÍ, FRUTO AMAZÔNICO

Açaí

Há alguns séculos no Pindorama, várias tribos amazônicas demostraram o desejo de realizar um encontro para fortificar cada vez mais os laços entre eles, troca de conhecimentos nas culturas alimentares, caça, pesca e o uso de novas drogas medicinais para a saúde deles, e que ele se repetisse sempre após 12 luas cheias, cuja Deusa Jaci era possuidora de poderes que iluminava as noites como magia. A etnia tupi foi convidada para o encontro e entre eles estavam os Cocanas, Omáguas, Carabi, Camaiurá, Tapirapes, Tenetearas, Xetás e muitos outros, porém um fato importante preocupava essas nações indígenas: a presença de uma bebida que caísse no gosto deles e marcasse as confraternizações futuras.

O velho pajé Omágua Waipi pediu a atenção de todos para ouvir a sua palavra:

– Descendo o majestoso rio barrento em tempos remotos, uma tribo tupi que morava no Vale de Coari e pacífica e com muitas atividades dedicava-se especialmente à caça, pesca e o uso da flora que tinham no seu entorno. Não eram nômades e cultivavam os seus Deuses e viviam na mais tranquila paz, sempre promovendo festas entre eles, apesar de saberem que havia guerras entre outras tribos, que olhavam com desdém aquele desapreço pelas guerras, porém realizavam combates e torneios de força física e não sabiam explicar a saúde e a paz que imperava naquela tribo trabalhadora, festiva e transbordante de felicidade e conhecida em todo o vale.

Esse não era o procedimento da tribo, tempos atrás conhecida como guerreira e confronto com outras etnias que tentavam se instalar ali. Certo dia uma doença desconhecida se espalhou pela tribo e quase dizimando todos e salvadoras foram as rezas do pajé Waipi para afastar os maus espíritos, invocando sempre as divindades de Tupã, Icoraci, Navira – protetora dos peixes –, e Anhangá – protetor da caça –, cuja causa da enfermidade e morte de membros da tribo poderiam ser debelados por terem ingeridos alimentos proibidos e provocando a zanga também do Sol, da Lua e do seu desejo de cultuar a guerra. Daí o velho pajé pedir que eles mostrassem uma planta capaz de devolver as forças e a saúde para os sobreviventes da tribo.

Dois curumins da tribo brincando na mata ouviram o canto melodioso de um pássaro e olharam para a cumeeira das árvores e avistar o Uirapurú, sagrado para os índios, com trinados marcantes e persistentes parecendo indicar a palmeira em que estava pousado e os frutos miúdos em cachos que dela brotavam em profusão. O Uirapuru voou nas brenhas da mata e eles subiram na palmeira desconhecida e levaram um cacho para a tribo e contaram como chegaram aos seus frutos levados pelo canto do Uirapuru, para os índios também o protetor das aves, que tudo fez para despertar a atenção deles.

Os índios então resolveram experimentar o gosto daquela frutinha roxeada e acharam-na com gosto de terra e sem graça, mas uma índia das mais velhas da tribo do alto da sua sabedoria disse:

– Vamos retirar e moer a polpa do fruto, misturar um pouco d'água e colocar favos de mel de abelha e prepará-la como bebida e testá-la com a tribo que vai avaliar para apresentá-la na festa do nosso encontro.

O encontro dos indígenas foi um sucesso e a frutinha roxeada foi doada e levada para o território das outras tribos que passaram a consumi-la. Todos passaram a chamá-la de *Yasa'i*, o fruto que chora suco em tupi, e assim foi descoberta uma das bebidas mais deliciosas, com aplicações em diversas atividades culinárias e divulgadas pelo mundo afora.

O velho Pajé omágua foi reverenciado por todos.

O navio Tucuruí deixou o porto de Santarém e continuou a sua rota em direção à divisa do estado do Pará e o estado do Amazonas e chegar à cidade de Parintins, situada na Ilha de Tupinambarana e próspero município da região do Baixo Amazonas.

No porto da cidade, Ubirajara já deu para fazer uma avaliação parcial do progresso dela. Um porto muito movimentado, com saídas de barcos para outros lugares fora do estado do Amazonas e a capital Manaus. O imediato do navio Tucuruí logo se aproximou de Ajuricaba observando a sua curiosidade pela cidade-sede do município. Apresentou-se para Ajuricaba como Robson Gomes, natural do estado de Roraima e que já navegava naquela linha há mais de dez anos, logo recebendo em troca um sorriso franco de Ajuricaba desejoso de obter novas informações sobre o rio Mar e seus fetiches.

Robson disse que a cidade recebeu esse nome de Parintins porque a tribo que ali habitava chamava-se Parintintins e que o município tinha na pecuária uma grande fonte de renda, além de cultivar variedades de frutos, tubérculos, hortaliças, legumes e plantas medicinais para o combate a endemias e males da região tropical. A cidade também possuía um Campus Avançado da Universidade do Estado do Amazonas e de um Instituto Técnico Federal preparando mão de obra especializada.

A matriz de Nossa Senhora do Carmo é uma das mais antigas da colonização portuguesa na Amazônia, atraindo milhares de fiéis nos eventos do calendário cristão.

Toda ligação com a Ilha é feita por via fluvial ou aérea, portanto a cidade é um grande entreposto de comércio e pela divulgação e valorização do seu festival folclórico, que é reconhecido pelo Instituto do Patrimônio Histórico e Artístico Nacional como um dos mais importantes do país e que já ultrapassou as nossas fronteiras.

O festival acontece no final do mês de junho e tem nos bois bumbás – Garantido, vestido na cor vermelha e o Caprichoso, vestido na cor azul –, o ponto alto dele e que apresenta outras manifestações do folclore brasileiro.

Tudo acontece numa arena construída para a encenação dos bois e batizada pelo povo de Bumbódromo. Um fato marcante salta aos olhos dos turistas: a maneira como os torcedores deles se comportam na apresentação dos bois. Todos vão vestidos com as cores do seu boi e enquanto eles se apresentam, somente a torcida do que está no palco pode se manifestar, cantando, dançando e emitindo sons em pedaços de madeira distribuídas no local e o outro quando se apresentar a torcida adversária ficará em silêncio vendo os seus adversários cantar e dançar também. Os temas abordados são variados e se mesclam à tradicional apresentação, cantoria e enredo do boi-bumbá de outros tempos, só que os atuais inovaram em esculturas monumentais representando o folclore amazônico e animais da selva que compõem a sua fauna e criadas pelas mãos de artistas e artesãos locais que já espalham a sua arte em outros eventos grandiosos. O festival folclórico de Parintins é um espetáculo que merece ser visto pela beleza plástica, música e organização dos seus componentes, suas toadas que animam todos os presentes na arena empolgando pela bela encenação.

A cidade oferece para aqueles que a visitam passeios turísticos, pousadas, variada culinária que atendem os desejos de viajantes em busca de um bom entretenimento.

O navio Tucuruí deixa o porto de Parintins e continua subindo o rio Amazonas com destino à próxima parada que é na cidade de Itacoatiara, a terceira mais populosa do estado e que ultrapassou os 100 mil habitantes.

Ajuricaba dava mostras e desejos de retornar a Manaus para finalizar o seu trabalho, mas também reencontrar Bartira que não havia feito muitos contatos nesta curta viagem à foz do rio Amazonas. Todavia, viu renascer uma afeição forte iniciada em Manaus e dúvidas sobre esse relacionamento que voltava com toda força. Já teria concluído os seus estudos e pesquisas que estavam tão bem elaborados ou continuava a fazê-los com o abundante material à sua disposição?

Logo veio à sua mente a figura de Bartira, uma morena bonita, cabelos soltos, olhos castanhos, lábios bem-feitos, corpo longilíneo e bem torneado, voz aveludada, discreta no vestir e um sorriso que iluminava o seu rosto. Deu suspiros de saudade e admitiu como seria bom tê-la ao seu lado naquele momento para troca de assuntos em que ambos eram interessados, quem sabe um sentimento maduro começava a habitar o coração dele. Lembrou-se da grandeza territorial do Brasil com seus biomas bem definidos; os Pampas e suas coxilhas no extremo sul brasileiro; a Caatinga que abrange uma área interior do Nordeste; o Pantanal, a maior área alagada do mundo compondo uma enorme faixa de terra do centro-oeste brasileiro; o Cerrado, permeando também uma faixa considerável do país; a Amazônia, grandiosa e internacional, sendo a que toca ao Brasil é bem maior àquelas de países limítrofes da América do Sul. Na Amazônia brasileira dividida em legal e propriamente dita, a primeira, fruto de *démarches* para aprovar uma extinta superintendência de desenvolvimento que abrigou estados da região centro-oeste, o Mato Grosso *in totum* e o estado do Maranhão da região nordeste do país, hoje foi suprimido o estado do Maranhão e inserido o de Tocantins criado com a constituição federal de 1988. A área campeã de atuação de mais de 3.000 mil ONGs com interesses díspares e que não estão em consonância com os nacionais.

Desde o nosso descobrimento havia a Floresta Amazônica e a Mata Atlântica. Com o processo de colonização e ocupação do solo brasileiro que se deu da faixa litorânea para o interior do Brasil, a Mata Atlântica que vicejava no litoral e partes do interior do sul, sudeste, centro-oeste e também do nordeste do país foi sendo predada para o aparecimento e fundação de cidades e vilas que assentavam fazendas para criação de animais e a agricultura incipiente para prover as cidades e a implantação de obras de infraestrutura e a utilização em grande escala da madeira para outros fins e até a exportação, no famoso ciclo do Pau-brasil. Hoje a Mata Atlântica luta para manter parte do seu importantíssimo acervo ecológico, fauna, flora, rios, lagoas, suas nascentes e os povos indígenas que ainda habitam suas terras.

Nessas divagações, Ajuricaba sabia que a Caatinga era o bioma que mais sofria com a alteração do clima e a inóspita falta d´água recorrente e que dava ao sertanejo que ali se fixou o título de forte em teimar lutar contra as adversidades e intempéries e continuar morando naquele chão. Haviam ainda o Cerrado, o Pantanal e os Pampas capazes de promover o renascimento dos sonhos de brasileiros que sentiam orgulho de morar nesse cadinho de solo pátrio. As duas maiores metrópoles do país estão localizadas na região sudeste e concentram alguns milhões de habitantes e nela um total considerável da população do país, desequilibrando o homogêneo crescimento e desenvolvimento desse continente chamado Brasil.

Com suas bacias hidrográficas maravilhosas, as cinco regiões brasileira não souberam gerir ainda o seu aproveitamento pelo planejamento escasso dos governos federal, estadual e municipal fazendo com que a poluição já agrida essas bacias e dificulte o uso no consumo humano e na navegabilidade dos seus rios com o assoreamento deles e a ameaça da fauna, matas ciliares e os mangues berçário de reprodução marinha.

Ajuricaba observava a natureza pródiga que presenteou o Brasil e o seu meio ambiente capaz de orgulhar qualquer povo do mundo conhecido e divagava: *ainda, vamos ser uma potência em todos os sentidos e principalmente na promoção da paz que o nosso planeta tanto carece.*

Infelizmente, pensou Ajuricaba, as decisões aqui são tomadas com tal parcimônia que até hoje os primeiros habitantes do Pindorama discutem a demarcação de suas terras. Por trás disso, Organizações Não Governamentais, umas com atividades altruístas e outras com interesses inconfessáveis permeiam o território brasileiro, com destaque para a Amazônia, provocando continuados atritos entre elas e as comunidades indígenas que não têm a devida proteção dos órgãos oficiais criados para essa finalidade. A ocupação do solo brasileiro se faz urgente para que dele as empresas que atuam na produção de alimentos e comercialização para exportação e o nosso consumo interno sejam beneficiados com os braços e mentes nacionais.

Ajuricaba foi despertado das suas elucubrações pela aproximação amigável de dois jovens mostrando disposição para conversar com ele sobre assuntos pertinentes àquela viagem no rio Amazonas e suas lendas fantásticas. Eles se apresentaram como Noriel e Jandir, naturais dos estados do Acre e Rondônia respectivamente, e voltavam de visitas a parentes radicados em Belém e faziam com regularidade aquela linha. Foram recebidos amigavelmente por Ajuricaba que confessou de pronto estar curioso para ver a última cidade importante mais próxima de Manaus, Itacoatiara que em tupi-guarani significa pedra pintada.

A próxima atracação seria no porto de Itacoatiara e que, pelos conhecimentos visual de reportagens de televisão e de leituras sobre o assunto, tinha uma população que já passava dos 100 mil habitantes e registra índices estatísticos de ser produtor de juta, soja, castanha, cacau e ser sede de serrarias e destilarias para o beneficiamento do óleo de pau-rosa, muito empregado na indústria de cosméticos e medicinais. Na pecuária desponta com um numeroso rebanho bovino e importante para o consumo do estado.

O município é ligado à capital por via terrestre e aérea, exercendo protagonismo na região que se limita com outros municípios amazonenses. É também produtor de frutas regionais e tem na piscicultura um braço para o abastecimento próprio e outras cidades vizinhas.

No lazer e turismo oferece boas opções para os locais e os visitantes que procuram suas praias de rios e passeios ecológicos em trilhas na mata.

Continuando a viagem, o navio Tucuruí singrava as águas do rio Amazonas subindo suas correntezas e proporcionando aos viajantes cromos das paisagens da gigantesca floresta. O comandante Ferolo anunciou pelo serviço interno de comunicação que estavam chegando à cidade de Itacoatiara e desejando bom retorno as suas casas aos passageiros que ali ficariam.

No porto de Itacoatiara houve a natural movimentação dos passageiros que ficaram naquela cidade e os que embarcaram com destino à Manaus e ainda da carga e descarga dos produtos comercializados e que mantém viva essas linhas fluviais, servindo de escoadouro das compras e vendas do hinterland amazônico e ficaram por cerca de duas horas na cidade de Itacoatiara e depois seguir para o final da jornada, a cidade de Manaus. Assim que o navio deixou o porto da cidade Ajuricaba e os dois jovens, Noriel e Jandir, retomaram o diálogo interrompido pelo fluxo de pessoas e as atenções voltadas para a cidade de Itacoatiara vista da amurada do navio Tucuruí. Uma cidade que já tinha sido a segunda em importância social e econômica do estado, porém com índices que mostravam a corrida benéfica para atrair empreendimentos da Zona Franca de Manaus e turbinar o seu crescimento em todos os sentidos e recuperar a sua importância de outrora.

    A cidade era acolhedora e seu casario antigo e alguns prédios espaçados, com serviços médico e hospitalar, de comunicações, educação, lazer e que a deixavam em condições de realce entre as cidades interioranas amazonenses. Veio então a indagação se havia alguma história sobre o Guaraná, feita por Ajuricaba aos dois jovens que conversavam com ele. Noriel disse que estava radicado há muitos anos em Manaus e sempre ouviu essa que se ele quisesse contaria. Ajuricaba assentiu com a cabeça e o jovem iniciou o relato folclórico.

CAPÍTULO XIX

O GUARANÁ, UMA LENDA

Guaraná

Naquele vale fértil da Selva Selvaggia, na tribo dos Mundurucanias entre sua gente se destacava os índios Maués, guerreiros corajosos, acostumados vencedores nas lutas e refregas com outras etnias, também cuidavam com muito labor o cultivo de alimentos, a caça, a pesca e desconheciam doenças pela vida saudável que levavam.

Enlevados pela crendice da floresta atribuíam essas vicissitudes a determinado membro deles e ainda Curumim, que sempre acompanhava os guerreiros nas suas incursões de caça e pesca mata dentro, mas sempre procurando dar proteção a ele nos rios, furos e lagos para não ser presa fácil de jacarés, cobras, piranhas e peixes carnívoros e nas matas pelas feras que faziam dali o seu habitat. Orientava o Curumim do perigo das grandes árvores que despejavam das copas seus frutos como as castanheiras do alto dos seus 30 metros e um risco fatal. Por mais que fosse redobrada a vigilância sobre ele, não foi o bastante para impedir que o ódio de Jurupari, uma entidade do mal, disfarçado de ofídio peçonhento e camuflado entre a vegetação da mata com uma investida certeira atingisse o menino índio, inoculando nele o seu mortal veneno.

Levado às pressas para a tribo, o corpo inerme do Curumim foi pranteado com choros e lamentações de todos os maués, ecoando por toda aquela terra habitada por eles e a água negra do rio que corria naquela imensidão amazônica. E como num passe de mágica, por entre o céu e a mata uma voz determinante atendendo os clamores da tribo profetizou:

– *Tirem os olhos do Curumim e plantem nesta terra da tribo Maués e com suas lágrimas molhem o local sempre na lua nova que vai nascer uma planta que trará muitos benefícios para todos, revigorando os mais velhos e fazendo a fortaleza dos jovens e dos guerreiros e mulheres maués.*

Os pajés então arrancaram e depositaram numa cova cobrindo-a de terra os olhos do Curumim morto e seguiram com a máxima precisão de sempre na lua nova a tribo regasse com suas lágrimas o local dos olhos enterrados. Passado algum tempo brotou uma planta desconhecida e que tinha o hábito de tentar subir nas plantas próximas com seus caules escuros e cheios de reentrâncias, parecendo os músculos dos guerreiros e os seus primeiros frutos de cor negra azeviche como invólucros claros embutidos imitando capsulas nas cores coloradas vivas e muita semelhança com a índia Cereçaporanga, a imagem da beleza dos maués.

Era como acontecesse a exponencial repetição dos olhos e decerto um milagre do príncipe Maué.

Hoje o guaraná é conhecido no mundo todo e mostrou que nas suas variadas formas de consumo atende aos paladares mais exigentes e se proliferou pelo mundo inteiro.

Ajuricaba ficou calado por alguns instantes e depois demonstrou a sua admiração pela narrativa dos jovens e concordou que o guaraná merecia uma estória bem concatenada para a importância da bebida para a região, o Brasil e a cidade de Maués, berço da planta que leva o seu nome.

Vários passageiros debruçados na amurada do navio apreciando um pouco a natureza e ele seguindo o seu destino para a cidade de Manaus e finalizar o seu roteiro. Passariam ainda em Careiro da Várzea, município vizinho à capital amazonense e cujo crescimento começava a dar ares reais no fornecimento de carne, leite e derivados e diversificar a agricultura escoada em grande parte para Manaus. O município, por ser uma Várzea, a cada ano se deparava com a cheia do rio Amazonas que obrigava os ribeirinhos a construir caminhos de madeira entre as suas casas para transitar nas áreas alagadas próximas das margens do rio Amazonas. Nessas ocasiões, além dos cuidados com suas moradias, tinham a presença do Poraquê, o peixe-elétrico, cujo leve contato desse peixe imediatamente desfecha cargas elétricas com consequências que podem levar à morte do desavisado banhista que esteja na sua mira.

O Poraquê tem a aparência de uma enguia maior e mais encorpada e pode ser confundida com um peixe e sua presença no local já sinaliza para o perigoso contato com ele, que se prevalece disso para escolher as suas vítimas.

Cada vez mais o navio Tucuruí deixa para trás a cidade de Careiro da Várzea para cumprir a última etapa da sua viagem, a capital amazonense.

Peixes maiores, aqui e acolá, saltavam nas águas do rio Mar imediatamente identificados por alguns passageiros como Piraíbas, Pirararas, Surubins e outros, certamente buscando alimentos nos cardumes que desciam o rio e faziam a cadeia ecológica funcionar, além de algumas touceiras formadas por detritos e galhos de árvores atingidas nos desbarrancamentos das margens do rio. Pássaros flanavam nas correntes de ar migrantes que acompanhavam o serpentear do rio Amazonas.

Aumentava a circulação de navios de cargas e pequenos barcos que faziam o transporte de pessoas de povoados próximos e o aviamento de produtos de consumo e pedidos isolados de comerciantes e interessados neles.

Ajuricaba começou a relembrar a primeira vez que conheceu o Encontro das Águas e na tardinha se anunciando qual reação teria com aquele fenômeno geográfico prestes a rever. Pensou ainda o reencontro com Bartira e os dados importantes que colheu ao completar todo o percurso do rio Mar, agora vindo da sua foz e voltar para cidade de Manaus. Ele acrescentava aos seus pensamentos especulações para aumentar a comunicação da Amazônia brasileira propriamente dita; os estados do Amazonas, Pará, Acre, Rondônia, Roraima e Amapá por via terrestre realizando a tão sonhada integração nacional através de estradas a serem construídas como as que já existem, Manaus-Porto Velho; Manaus-Boa Vista e que dá acesso à rodovia internacional para a Venezuela, o reaproveitamento e recuperação da rodovia Transamazônica e outra de Belém para Macapá, capital do estado do Amapá. E a ligação entre Porto Velho e Rio Branco nos estados de Rondônia e Acre respectivamente e ainda as outras regiões brasileiras e instalando equipamentos eletrônicos fixos e móveis para controlar a movimentação de veículos nessas estradas e a presença física de unidades de órgãos fiscalizadores e das polícias militares desses estados, cada um fazendo a sua parte.

Despertou das divagações e uma sensação que não sabia explicar tomou conta do seu corpo e ele reviu os três encontros ímpares que presenciou naquele majestoso rio Amazonas. Da sua foz quando ele deságua o seu caudal inigualável de água doce no Oceano Atlântico; na parceria estética com o rio Tapajós e finalmente ali estava revendo o abraço entre o rio Negro e o rio Amazonas que emoldura as telas pictóricas dos contornos de Manaus e instintivamente ouviu O Guarani, de Carlos Gomes, As Bachianas de Villalobos e o Hino do Estado do Amazonas de Claudio Santoro como trilhas sonoras de um espetáculo grandioso encenado para aquele encontro eterno musical e deslumbrante. Sorriu consigo mesmo e agradeceu a Deus o privilégio de ter nascido naquela mátria pátria, colorizada pela flora que o sol e a lua nos dias e nas noites coadjuvadas pelas plêiades de estrelas piscando no firmamento e a fauna embrenhada nas matas, nos rios na variedade de pássaros nos céus ajudando a matizar a Selva Selvaggia.

O navio Tucuruí aciona os apitos da chegada e desperta Ajuricaba dos sonhos e devaneios em que esteve imerso e logo se depara com o porto que mostra a silhueta de Manaus e o encerramento da sua jornada amazônica. Faz um contato com o hotel Waupés que já se hospedara e depois liga para Bartira mantendo o seguinte diálogo com ela:

– Bartira, é o Ajuricaba. Estou chegando a Manaus e ansioso para conversar com você.

– Que surpresa agradável, responde Bartira, será muito bom ter um encontro com você. Também tenho vários assuntos para conversarmos.

– Maravilhoso, disse Ajuricaba, além daqueles comuns às nossas profissões me afligem aqueles que falam ao coração, afirmou galanteador ele.

– Muito bem, querido, essa viagem ao Encontro das Águas pode selar o encontro dos nossos sentimentos.

REFERÊNCIAS

ALMEIDA, J. **Os mistérios da Amazônia**. Editora Uirapuru. Manaus. 2005.

BRAGA, G. **Chão e Graça de Manaus**. Manaus: Edição da Fundação Cultural do Amazonas, 1975.

BOPP, R. **Cobra Norato** – poesia de 1931.

FUNDAÇÃO CASA DE RUI BARBOSA. **Rui Barbosa 150 anos – Projeto Memória**. Rio de Janeiro: Edição da Fundação Casa Rui Barbosa - Folder Comemorativo de 150 anos de Rui Barbosa, 1999.

JORNAL DO BRASIL. Edição de 03 de julho de 2008. Rio de Janeiro.

LOPES NETO, J. S. **Contos Gauchescos e Lendas do Sul**. 5. ed. Porto Alegre: Editora Globo, 1957.

MAIA, A. **Banco de Canoa**. Manaus: Editora: Sérgio Cardoso, 1958.

MATA, J. N. A **Amazônia na História**. Manaus: Editora Gráfica Rex, 1977.

MATA, J. N. **Amazônia: Terra da Promissão**. Manaus: Editora Gráfica Rex, 1979.

MATA, J. N. **Referências Literárias**. Manaus: Editora Gráfica Rex, 1987.

MIRANDA, E. E. **Quando o Amazonas corria para o Pacifico**. Petrópolis. Editora Vozes. 2007.

O GLOBO. **Atlas Geográfico Mundial**. 3. ed. do "Times Atlas of the world" do New York Times, 1998.

SABINO, F. **O Encontro das Águas.** 2. ed. Rio de Janeiro: Editora Record, 1985.

SALDANHA, P. **Amazônia – Documentário para TV. Produção RW Cine.** Programa exibido em 06/09/2011 na emissora TV Brasil.

SOUZA, M. **A Expressão Amazonense.** 2. ed. Manaus: Editora Valer, 2003.